那人那艺

吴彤

Beijing United Publishing Co.,Ltd.
北京联合出版公司

目 录

从小就看人艺的戏，长大后认识了很多人艺的人。

吴彤命好，大学毕业分进人艺，我们得以相识。

1993年拍《我爱我家》，吴彤是导演助理，梁左他们教她写剧本，其中"贾志新离家出走，携张凤姑海南双人行"就是吴彤的处女作。

后来我和葛优、谢园办了影视公司，请吴彤为我们写了电影《防守反击》、电视电影《称心如意》和电视剧《低头不见抬头见》《售楼小姐》《请让我来帮助你》《电影厂的招待所》剧本以及改编整理了一些东西。

每次找到吴彤，她都很认真、很准时地完成任务，而我们公司初创阶段时与她竟没有一份文字合同，真的是出于彼此间的了解和信任。

凡看过或演过吴彤作品的人，都会觉得她对文字的感觉特好，我想这首先是源于她上学时的勤奋和在人艺工作的环境，还应该说吴彤是梁左的学生，得到了左爷（吴彤对他的尊称）的真传。

我们公司自 1993 年成立以来一直是梁左为我们写，后来可能是他太累了，开始带学生写，吴彤就是其中之一，所以总觉得吴彤的字里行间有梁左的文风，加之她常年在人艺工作，所以吴彤的文章或剧本一出手就已显出与众不同。

人艺的老艺术家曾说："演戏即是做人"，吴彤是深悟其中之道的。

生活中的吴彤是一个很规范得体的人。印象最深的是她的字，写得漂亮，很有力度，一看就知道小时候对自己要求严，有理想，而且还不是一天两天。这种持之以恒是她能有所作为的基础。

吴彤的文笔也很讲究，特别是用字用词，力求生动准确，追求一种阅读时的意境，留给读者想象的空间。我看她的东西有时很累，生怕错过她精心组织的文字，因为她的每个段落、每句文字在下笔时如同她的人一样严谨。

吴彤又很善良，总能看到别人的长处和不易，一些演员的凡人琐事在她眼中成了另一种深刻，她的敏感和经历使她善解艺人的心。

听说吴彤要出书，我们都很高兴，虽然是一本以北京人艺为题的书，但我与葛优、谢园也能和人艺一起出现在吴彤的笔下实在是一件幸事。这还真不是谦虚，因为我们都酷爱北京人艺，因为我们都是吴彤的好朋友，更因为她写的"人"和"艺"都别有一番看头。

　　我们都盼望吴彤能不停笔地一直写下去，为北京人艺、为更多的影视公司写出好剧本，将来再出版《剧本集》《小说集》和别的什么集，真的，这都不是没有可能。

　　以上所写不敢言序，就当是对吴彤这次出书的一份贺礼吧。

梁天

十二年是一纪，是人生长度的九分之一（以乐观茶寿计），是青涩到成熟的渐变，是一个本命年到又一个本命年的回溯。

《那人那艺》这本书是2004年出版的，那一年我和书中的主人公们都处在人生的盛年，奔跑着，追逐着，义无反顾地朝着前方谜一样的诱惑和未知。

十二年后，承蒙北京联合出版公司邀我再版回望，续写时我蓦然发现，书中的主人公们都意气风发、斗志昂扬地征战在各自的人生战场，攻城拔寨，气宇轩昂地树立起一个个标杆，演绎出人生舞台上一幕幕异彩纷呈的经典大戏。他们的卓越和出色，成就了这本书再版的价值。

十二年后，书里的"亲"们若按姓氏音序排列是这样的：

陈小艺、冯远征、龚丽君、何冰、葛优、梁冠华、梁天、林兆华、濮存昕、任鸣、宋丹丹、徐帆、谢园、英达、杨立新、岳秀清。他们有的演而优则导，拓展领域，指点粉墨江山；有的为官从政，造福一方，却依然对艺术情有所钟；更多的还是坚守在舞台荧屏的方寸间，出神入化，演绎人性，启迪心智，教化众生。为了给这十二年的光阴作个注脚，我以我的视点替我笔下的主人公们梳理一下时间走过的足迹……

陈小艺　小艺老师在这个属于猴年的"本命纪"相当没有虚度，并成功集成了 N 次大爆发：电视剧《半路夫妻》《大工匠》《女人四十》《我的父亲母亲》《唐山大地震》《天伦》……人艺话剧《生·活》《莲花》《贵妇还乡》……一个个饱满、深情的"母亲"和"熟女"形象让观众们充分领略了小艺老师沉稳中的大气、隐忍中的泼辣、烟火气中的真善美。曾经深深镌刻在观众心中的"外来妹"真的已经属于"诗与远方"，长大的"小艺"在岁月的打磨下绽放着莹润的光泽与韵味，愈发地耐看了……

冯远征　属虎的冯远征在这一"纪"里趁势发力，担纲各大卫视主推大剧的男一号：电视剧《钢铁年代》《百花深处》《怪医文三块》《煮妇也疯狂》《男媒婆》《老农民》；电影《非诚勿扰》《建国大业》《建党伟业》《温故 1942》《大明劫》；话剧《知己》中的顾贞观、《风雪夜归人》中的苏鸿基、《司马迁》中的太史公……仔细揣摩这些角色形象，可以看出冯远征似乎有意识选择了颠覆形象且角色身份跳跃幅度巨大的各色人等：娘娘腔、土豪老板、炼钢工程师、传奇郎中、儒雅先生、男旦、大官僚、千古文人……仿佛自我挑战似的，他憋着一股子劲儿，倒要让观众见识见识那高高瘦瘦的身体内究竟蕴藏着怎样的可能性与爆发力！不仅如此，已经在演员职业做到一流顶尖的位置，他又开始了另一次"远征"：尝试舞台剧的教学导演工作，目前已经为北京电影学院带了四个班的学生，相继排演了《足球俱乐部》《等待戈多》《死无葬身之地》《日出》这些难度很大的中外名剧，令人称奇的是，这些非表演专业的学生经过他数月的调教，不但上台毫不怯场，而且进入角色有板有眼，"代入感"极强，业余演员的表现能达到如此水准，映射出的一定是导演的功力——简直了！找机会一定要跟远征老师讨教其中的"秘方"，这是我写在记事本上的备忘录。

龚丽君　在人艺官称"龚姐姐"的丽君女士在这一轮次的岁月中仿佛进入了"冻龄"，一向自然妥帖的韵致之余，又兼具恬淡雍容的气度。在网上搜索的时候，很欣慰地发现，各种"百科"中有关她的主页介绍依然用的是我在十二年前《那人那艺》一书中的文字，想必"龚姐姐"对于那些文字是认可抑或赞许的，那么我与她心灵之犀也是相契的，想到此，不由得会心一笑。一如既往，想见识最魅惑最典雅最妩媚的龚丽君，舞台有约。

何冰　跟何冰老师的确缘分不浅，且不说同年的机缘巧合成为人艺同事，也不提我的第一部编剧作品就是由他来主演，更不提曾经同样的机会徜徉在哈姆雷特城堡，单就说这一次书籍再版，也是跟他前后脚与同一家出版社的编辑打起了交道。斗胆借用何东老师的评价，他说，何冰的语言状态特别好，一堆人在一起，他是最不能容忍冷场的那个人，也是最不愿意让别人尴尬的人，这说明他善。他还说，何冰身上有一种凛然的东西，是大辛酸，大悲凉。他说人的一生不是来学习和努力的，是来回忆和辨认的，这是入了境界。妥善安放了自己，状态就会越来越好。何东老师断定何冰越来越参透这个"境"，所以他的戏越来越禁看——我于是想起了近年来何冰老师在人艺舞台上主演的《窝头会馆》和《喜剧的忧伤》，不能同意再多。

葛优　"葛大爷"葛优凭借喜剧出名，以正剧奠定他在影坛的地位。曾在 2010 年葛优拍摄《非诚勿扰 2》的时候，去三亚探班，在家人朋友面前，他孝顺亲和，有求必应；在大银幕上，他用耐人寻味的自嘲和善良的狡黠，将小人物身上最具人性闪光的一面挖掘出来，因而每次亮相，光芒无两。姜文评价葛优说，一个演员的不确定性是最重要的，还有极端性和幽默感，这些最后会合成一个演员的可塑性，葛优什么样的角色都能演得很好，演员就该像他这样。出道以来，葛大爷横扫国际国内影视剧各项大奖。奖得的越多，葛大爷越是接地气，这就是"好人+

好演员"的魅力所在。祝福葛大爷。

梁冠华　每次见到梁冠华，我就感叹一次好演员的自信：就是不减肥！我就这么圆圆满满的照样不费吹灰之力演一个角色就俘虏一大批粉丝！也是奇了，只要他站到台上，即便是站在犄角旮旯，也一准儿吸引你不错眼珠地跟着他，看他嬉笑怒骂，看他浑然天成，那真不是一般的享受！相信近期看过电视剧《传奇大掌柜》的观众都会大饱眼福。可惜，现在在舞台上看见他的机会比原来少了，催，肯定行不通，那就等吧。

梁天　看得出，著名导演梁天自"知天命"以来内心越来越幸福，外貌越来越慈祥。生活节奏一旦舒缓下来，精神生活的追求就上层次了、情调了、细腻了、归真了。只不过"戏瘾"还会不时地犯一犯，高兴了，去为朋友的戏客串个角色，如同为平静生活增添一抹色彩，技巧已经熟练到了手到擒来的化境。更加注重养生的"梁导"对于美食的热爱不可遏制地占据了生活的重心，从"爱吃"到"会做"再到"开馆子"，爱热闹的梁导会在美食与艺术的道路上一直快乐前行。我在这儿先报个名：有新馆子开张喊一声哈！

林兆华　林大导今年80岁了，最近不断有人提起他的年龄，不是因为"老"，而是因为他的"小"：终于跨入"80后"的行列。爱玩的林大导自 2010 年起，自筹资金策划举办了"林兆华戏剧邀请展"，一年一届。作为中国第一个由民间机构发起的剧展，一经问世便引发各方关注。时光进入 2016 年，林兆华戏剧邀请展也进入了第六个年头，由他引进的世界级、大师级作品丰富拓展了戏剧人的视野。与此同时，在话剧导演的路上，林大导继续声东击西，打一枪换一个地方，继续保持着令人摸不准、猜不透的跳跃和神秘，不论是冯远征主演的《公民》，还是胡军主演的《人民公敌》，只要林大导出手，话题和票房都不缺。"我就想导不像戏的戏！"这是林大导的宣言和杀手锏。

濮存昕　在人艺官称"濮哥"的小濮老师在这一时间轮次里实现了各方面的升级：当了"姥爷"，演了"丑角儿"，成了"中国戏剧家协会主席"。一直保持着低调生活的濮哥在 2012 年年底，因为独生女儿的婚礼"被高调"了一次。一年之后，辈分升级，幸福地成为了"姥爷"；2009 年，人艺排练话剧《窝头会馆》，濮哥被分配了一个丑到颠覆性的角色——前清遗老古月宗，这个老头狡猾、猥琐、抠门、事儿多，嘴碎，还倔，还心软。直到演出结束，还有观众在猜测这个糟老头儿到底是谁演的！可见濮哥隐藏之深，功力之厚！2016 年，北京人艺举办"编剧人才培养研修班"，我请濮哥讲堂课，已经是"剧协主席"的他开场白还是那句"我只有小学六年级的学历，看剧本不是我擅长的……"谦虚坦诚至此，不由得想起弘一法师的那句偈语：华枝春满，天心月圆。

任鸣　2014年，北京人艺建院62周年、任鸣54周岁。他在这一年接过了北京人民艺术剧院的帅印，由此承继了带领人艺人再续辉煌的历史重担。20年前的1994年，任鸣成为北京人艺最年轻的副院长，这不仅是当时的一段佳话，在今天看来，更为完成他今天的使命做了充分的准备。任鸣常说，我是人艺的儿子，人艺是有祖先的，几代艺术家终其一生创造出了人艺风格，我要做这种风格的继承者和捍卫者，我们这一代人的任务，第一是继承，第二是发展，要在继承的基础上发展和创新。他导演的话剧《北京大爷》《生·活》《莲花》《知己》《司马迁》等不仅继承了现实主义演剧风格，而且在表现手法上每每有了更多的探索和创新。在致敬经典的同时，任鸣在不断探索、实践着现实主义如何适应时代发展的课题。在话剧《我们的荆轲》导演构思中，他提出以"新的现实主义、新的古典主义"来完成人物形象塑造，尽量挖掘剧本中人性层面的、社会的或者是哲学"形而上"层面的引申意义和内涵，使作品既有哲学的深度，也有美学的高度，同时符合当代艺术审美趣味。这个"发明"得到了该剧编剧、诺贝尔文学奖得主莫言的认可和赞赏。2012年，该剧荣获第八届中国话剧金狮奖优秀剧目奖，2014年，在俄罗斯第24届"波罗的海之家"戏剧节上获得最受观众欢迎剧目奖。"任何职务都有离退的那一天，但职业却是终生的。"任鸣很庆幸，导演职业于他而言是一条幸福的路，可以一直走下去。

宋丹丹 "丹丹姐"最近参加了收视率很高的真人秀节目《花样姐姐》，算是在大众面前集成展现了"花式大姐大"特有的豪爽、机智、幽默、亲和。其实在人艺，有丹丹的地方就有欢乐，哪个剧组有她加盟，哪个剧组人气旺盛。2009年，宋丹丹在话剧《窝头会馆》中身兼主演、导演两职，成功拿下当年戏剧最高票房纪录，随后，在由陈道明、何冰主演的话剧《喜剧的忧伤》中，丹丹受邀担任"表演指导"，用她与生俱来的表演天赋为该剧注入了很多喜剧元素。丹丹姐从不讳言年龄，一路走来，她将女人的各个年龄段都成功演绎成了"花样年华"，这是有自信的女人才能驾驭的余裕，手工点赞！

徐帆 作为人艺少有的大青衣，徐帆自打站上首都剧场的舞台就是处于正中央，25年，她一直是主角，是台柱子，是花的芯。难得的是，帆子一直很低调，尽管有关她的演艺事业，她的家庭，她的喜好都被大众瞩目着，她却一直沉静稳当，做自己爱做的事，爱自己该爱的人，只把所有的浓烈、激情、忘我都留给了舞台和银幕，所以，我们看到了《唐山大地震》中的母亲，《原野》中的花金子，《窝头会馆》中的没落格格……如今，已参透人生真味的她，如一掬清泉，一杯红酒，纯净，醇厚，安然故我，处变不惊，是修炼之后很舒服的一种状态，真好。

谢园 年前一次聚会，见到一向对自己体型很在意的"敬爱的谢老师"竟然也有些微微发福，忽然想起不知谁说的一句话：成人是什么？一个被年龄吹涨的孩子。这话简直形容的就是谢园老师！20 年前，在上海龙柏饭店当导演的谢园老师，与今天鼓吹着"我的朋友都是大腕儿"的谢园老师都一直是那个不愿长大的孩子，至少，他的内心这样希望着。我们都看出他不愿长大的内心渴望，也都看出他不得不长大的无奈抵抗，但我们都拥护他善意地装作没有长大而慷慨奉送给我们的欢乐。很早就已经是"四料影帝"的谢园老师仿佛早就把这事儿抛到了脑后，他很自然地一侧身，把聚光灯最亮的位置让给他的朋友们，甘于从旁当那个捧哏的，随时还准备着为朋友补个台、圆个场。究其实，爱他的朋友们都知道，无论多少个十二年过去，他还是那个心重、敏感、善良、脆弱的老谢。

英达　2014 年，中国第一部情景喜剧《我爱我家》播出20 周年。20 年间，"我家"戏里的精彩与戏外的沧桑真正应了主题歌的那句歌词——你是我记忆中忘不了的温存，你是我一生中解不开的疑问；你是我爱你时改变不了的天真，你是我怨你时刻在心头上的皱纹……著名作家王朔在评论《我爱我家》时这样说：该剧在观众中获得的巨大反响和广泛认同深刻改变了我们的喜剧观念和欣赏趣味，开拓了我们的视野，并造成了这一形式在我国荧屏的流行和推广，造就了一代喜剧新人。该剧达到的高度至今仍是一座无人超越的山峰。这样的评价对于之后依然拍摄情景喜剧的导演英达来说不知是喜是忧，但是，仅就一部作品催生出一个"我爱我家全球影迷会"就足以值得骄傲，并且，这些"家迷"们就像迷恋《红楼梦》一样，考证外景地，分析台词出处，"扒"镜头寻找他们所爱角色的蛛丝马迹，极尽能事，乐此不疲……可以想见，《我爱我家》带给观众的趣味远远超出了120集故事本身。微博上有人写下这样的评语：《我爱我家》披着情景喜剧的外衣执拗而"狡猾"地记录了时代。承蒙如此看重，英达导演，值了！

杨立新　"杨大腕儿"的"蔓儿"(据考证应该用"蔓"字)在2015年更"嗨"了，原因是他主演了陈佩斯导演的《戏台》，目前正在全国巡演，场场爆满，口碑票房均居高不下，大有火遍大江南北之势；再加上其子杨玏主演的电视剧《小丈夫》同期热播，表演功力、颜值担当均不容小觑，收获"粉丝""粉条"无数，您想吧，杨立新心里得多乐呀！子承父业，且大有赶超之势，这应该是做父亲最骄傲最享受的事情吧！从16岁当演员，一路走来，杨立新用敬业勤勉和才华专注翻过了一座座山，跨越过一道道岭，将贾志国(《我爱我家》)、卢孟实(《天下第一楼》)、大嗓儿(《戏台》) 等等可以入史入册的银幕舞台形象鲜活生动地树立在一代观众的记忆之中，这是他作为演员的成功。近年来，杨立新还涉足导演行列，先后担任话剧《窝头会馆》《小井胡同》《牌坊》的导演大任，出手同样惊艳，尤以"抠戏"著称，专业水准毫不逊色。我想，杨大腕儿是真的成精了！

岳秀清　据长达 20 年的从旁观察，"岳姐姐"秀清与其"同事 + 同学 + 夫君"的吴刚在事业与家庭的节奏掌控上配合得相当默契——岳秀清负责先声夺人，早早就抛出一串成名作、代表作，而吴刚则负责厚积薄发，一直到 2009 年电视剧《潜伏》播出，吴刚因饰演陆桥山一炮而火，接下来，《梅兰芳》《白鹿原》《十月围城》《徐悲鸿》……一个个充满复杂性格与戏剧张力的角色响当当吸引着观众的注意力，吴刚成角儿了！此时的岳秀清则退隐到丈夫身后，撑起了家庭这把伞，尽一个女人的本分。岳姐姐和姐夫，一对聪明人，赞一个！

好了，借着再版的机会，又和我的书中人"夜话"这许多"絮言"，感觉就像跟亲人煲电话粥。该收笔的时候，不知从何而来一股豪迈之气，想起了王蒙先生《青春万岁》里那句著名的独白："所有的日子！所有的日子都来吧！让我编织你们！"谨以此，献给我的书中人，也献给自己的又一个本命年。

吴彤

2016·5·25

舞台正中央

濮存昕 · 不同流才精彩

良好的家教和坎坷的阅历综合作用，造就了他男子汉的成熟与旷达·艺术世家的血缘又赋予他敏感沉静的气质和心有灵犀的悟性，而舞台恰恰又为他延伸出一处心灵的净土。

说起来，那还是 1995 年底，人艺人自行评选了一次本年度"最忙先生""最忙小姐"，濮存昕当之无愧榜上有名：先是在《我爱我家》中从梁天手里抢走了蔡明，接着又与胡惠中在《梁山伯与祝英台》中演绎爱情，回归舞台后更加来神，忽而是《哈姆雷特》中的复仇王子，忽而又是《天之骄子》中的诗人曹植，后来干脆天天晚上黄金时间，在荧屏广告中潇洒地手持大哥大，一遍遍地重复着"有 NEC，没难事"，从而更加牢固地将形象和声音定格在"濮迷"们的脑海里。濮存昕再接再厉，凭借他俊朗儒雅的气质，在《英雄无悔》《爱情麻辣烫》《运河人家》《来来往往》《洗澡》《公安局长》《失乐园》等影视作品中多次变换形象，让热爱他的影迷们目不暇接，不过生活中的他却永远是一副真情真性的散淡做派。

记得有一次，我刚迈进人艺排练厅，不料迎面走来一大群德高望重的老演员，我"林老师张老师苏老师韩老师"一口气叫下去，终因底气不足还差好几位没叫到，正要找补，旁边一个声音"蹦"了出来："谁都叫到了，就是忘了叫小濮老师。"定睛一瞧，濮存昕笑容可掬地替我解了围。打那以后，我就固定了这个称呼——小濮老师。

又一次，灯市口的临街小摊上，我正和女伴为一件很别致的仔衣和老板杀价，身后一阵车铃声，回头一看，濮存昕一条腿支在马路沿上正笑吟吟地与我们打招呼，见我手中拎着的仔衣，挺认真地称赞："样式不错，不过价儿也低不了。"他老先生这句实话不要紧，被小摊老板听了去，这下更有词了："还是这位先生识货，价儿虽贵了点儿，质量在那儿摆着呢！"得，看看这架势，打道回府吧！我甩了甩在他出现之前就已成交的仔裤笑道："幸亏我下手早。"濮存昕也笑起来，嗓音低低厚厚的很有感染力。

濮存昕骨子里是有大象大形的，他希望自己达到的境界很高远，所以他把自己逼得退路无多。濮存昕陶醉其中，恣意舒展，尽情挥洒。

　　濮存昕的影迷很多，可以说是影视为他打出了知名度，然而濮存昕却独独痴情于那尺方的舞台，这或许要追根到他的家庭教育：濮存昕的父亲是著名演员兼导演，写得一手好字，或许是遗传基因，或许是潜移默化，濮存昕的言谈举止间也透着儒雅之气。

　　2003 年年底，北京人艺的一部重排话剧《李白》，让导演苏民和主演濮存昕这对父子搭档又一次共同成为人们注目的焦点。还是十二年前排演话剧《李白》的时候，我和苏民老师有过一次淋漓畅谈，话题自然是围绕着李白的鸿篇巨制旷世才情，而我也在言谈中初次领略了苏民老师极富感染力的精、气、神——演员出身的儒雅外型，长于吟诵的浑厚嗓音，尤其是那双炯炯目光，仿佛流溢着永不衰竭的生命活力。苏老熟悉中国历史，热爱古诗，兼通绘画，加之说话时语调抑扬顿挫，坐在他对面，你会在不经意的谈笑间感受到深厚的文化内蕴，领悟到一位老艺术家经过半生历练、洋溢于举止言谈间的学者风范。

　　20 世纪 90 年代，当濮存昕驰骋人艺舞台的时候，苏老已经作为"元老"级人物被人艺的小字辈们尊敬着，于是记者们采访小濮家史渊源的时候，就常常遇到有关姓氏的疑问，为什么父亲姓苏，儿子姓濮？艺名？化名？

　　其实，这对父子的姓氏悬念充满了红色背景：苏民原名濮思洵，有崇尚宋代大文豪苏洵之意。1946 年，因为参加了地下党组织，为了工作需要必须改名，以防被捕时连累家人。三思之后，选中了"苏民"这个名字，其间也包涵着三重意思：其一，就是取原名中"思洵"的字面意义，选了"苏洵"的苏字为姓；其二，濮家是江苏人，也沾一"苏"字；其三，"苏"在汉字里有"苏醒、挽救"的意思，而"苏民"二字也有"唤醒民众，救黎民于水火"的积极意义，三层意思叠加，于是"苏民"的名字就一直替代了"濮思洵"的原名。解放后曾有机会恢复原名，但濮老已经用惯了化名，于是也就有了一直以来的姓氏悬念。

自1986年由空政话剧团调入北京人艺，濮存昕终于走上他自身艺术之路的真正起跑线。十多年间，他先后在《秦皇父子》《巴黎人》《雷雨》《海鸥》《李白》《鸟人》《阮玲玉》《天之骄子》《鱼人》《古玩》《风月无边》《蔡文姬》《万家灯火》《北街南院》中担任重要角色，接戏虽不很多，却日日耳濡目染着老一辈艺术家敬业克己的艺德，渐渐修炼出宠辱不惊、淡泊名利的气度。

清醒是可贵的，尤其是在掌声响起的时候。濮存昕成名了，可他却迟迟不肯去找作为名人的感觉，他知道一旦被那种感觉"架"起来，活得便不自然。他不愿被人为的羁绊束缚，不愿为原本就不轻松的生活再施加压力，因而在演员圈中，濮存昕是活得最真切的一个。我想，这与他的天性有关，或许更因他并不平坦的人生阅历所致——少年时，濮存昕经历过小儿麻痹症带给他的伤害，使人生那段本该无忧无虑的岁月蒙上了阴影，长大了又插队到黑龙江，度过了八年的知青生活，好在那片广袤的黑土地在为他讲述人世沧桑的同时，也赋予了他种种深切的人生体验与感悟，日后反倒成为别人夺之不去的财富。

　　一个好演员，要在舞台上表达他的审美，这是濮存昕对于一种艺术境界的追求。他游历过很多地方，排演《李白》时，他常忆起日本莆田观海啸时感受到的大自然的恢宏与震撼；忆起福建飞霞谷的山涧和江西庐山的云雾；甚至还有在黑龙江插队放马时仰望苍穹的心境。心中接纳过大自然的伟岸与沉静，举止顿挫间便融入了李白这位"自然之子"的神韵，于是濮存昕在舞台上呈现的李白，去掉了些仙气，还原了些俗气，注入了些活气，他的狂放，他的徘徊，他的傲世，他的媚俗都是清澈的、纯粹的。如濮存昕所说，这个李白演出来，只要他的个性是完美的，就会被人欣赏。果然，李白被人理解了，欣赏了，濮存昕也赢得了应该属于他的掌声。

　　在《李白》剧中，濮存昕有一段"华彩乐章"：当李白遭贬，正在流放途中，惊闻被赦喜讯，欣喜若狂之余又生万千感慨，诗兴勃发，吟出一篇千古绝唱《早发白帝城》。濮存昕表演时抓住了这一情感迸发的契机，设计了一系列动作：先是孩子般地用力抛掉包裹和竹杖，又兴奋地奔向宗夫人，继而畅快地招呼大家："走，上船去！"再大步折回平台，面对巴山蜀水，豪壮之气溢于胸臆，值此情绪铺垫得最为饱满的时刻，纵声吟出："朝辞白帝彩云间，千里江陵一日还。两岸猿声啼不住，轻舟已过万重山。"此时的濮存昕恰到好处地捕捉到人物此刻的心理基调，加之充满激情的表演，每每此时，观众席中都会爆发出阵阵掌声。

之后的濮存昕也一直没有让观众失望，无论是《鸟人》中的精神分析专家还是《阮玲玉》里的穆大师，及至《风月无边》里的大文人李渔，濮存昕都能在一种似乎游离的状态下准确切入，使他演绎的角色带上一份超脱和顿悟。也许，这要归功于个人气质赋予了角色。濮存昕认为李渔独特的生命形态特别有光彩，与以前扮演的李白、曹植相比，李渔那种不羁的生活方式和对美的超越世俗的追求，已经进入了纯自然和本能的境界。濮存昕认为，李渔的魅力还不完全在于他的才色酒，而是他的生存态度，他只愿意按照自己的方式生活，而且这么做了。"李渔的别样人生与现实距离较远，演员创作一定要处于活性状态，应用一种空灵的大雅之气去推演人物。"

凭借着丰富的舞台经验和一贯的文人路线，从李白到李渔，濮存昕是水到渠成，应对裕如。在我眼里，舞台上的濮存昕，自有一种未被特写镜头削减的动人魅力。

特别难得的是，濮存昕有副真诚品性。排练间隙，同事们常拿"濮哥哥"开逗，不疼不痒的，濮存昕也像听别人故事一样饶有兴趣；涉及关键性话题，他会反唇相讥，"捍卫"自己。面红耳赤之间，真情真趣尽显，特有一份真性情的可爱。记得排练《海鸥》的时候，同剧组有一拨刚从中戏毕业的学生娃，总爱睡懒觉，所以早上排戏总来不及吃早饭，于是就缠上了"好说话"的濮存昕，三句软话，再"哥""哥"地叫两声，濮存昕便已然推卸不掉落在肩上的使命了：早晨上班时捎带买早点。当哥的还真不含糊，见天不带重样的，直到做弟、妹的都不好意思了。

濮存昕还很绅士，一群人同时出门，他总是先拉开门请女士优先。2003 年 8 月恰好有个机会，我和"大导"林兆华、濮存昕、梁冠华同赴英国爱丁堡参加戏剧节，出门在外的时候更觉得小濮老师的周到，托运行李、排队登机、在餐馆用餐、在剧院看戏、在车站等巴士，你都可以感受到濮存昕下意识流露出的谦和与儒雅。那次英国之行还让我们近距离领教了小濮老师"青春常驻"的秘诀，那就是雷打不动的作息：早 6 点一定起床，晚 11 点一定就寝。早起跑步是必不可省的，我们驻地后面恰巧就是一处风景点，所以每天用早餐的时候就成了濮存昕"导游"的时候，弄得我们这些赖床的人心里痒痒的。从这一点也可以看出，小濮老师绝对是个有毅力的人。

濮存昕的人缘好，不仅人艺的同事们这样说，与他合作过的演员也有这样的口碑。曾有热心的观众为他归纳过，与他合作演过对手戏的演员都是演艺圈的大牌明星：潘虹、栗原小卷、吕丽萍、奚美娟、胡慧中……我想，能够红透大江南北，被各种年龄段的观众欣赏，演技是一方面，他那旷达真诚的性格本色也是一个重要原因吧。

自从演过《清凉寺的钟声》里的明镜法师，他便迷恋上了佛教，家中添置了不少佛学著作，闲时逛街也不忘拐进古董店，流连于串串佛珠前把玩鉴赏，尤其看过传记《弘一法师》之后，李叔同的大才大智、大彻大悟和近乎传奇的一生深深打动了濮存昕，有一阵他简直抑制不住塑造这一人物的冲动。以他的个性，能为一个角色如此痴狂着迷，可见其喜爱程度不一般。2004年的濮存昕终于如愿以偿：他将在电影《一轮明月》中出演传奇人物李叔同。

在濮存昕的眼里，单纯的颜色是最美的，这一点从他的日常穿着上就可以看出来，在人艺见到他时，多是一身牛仔装束，领口衬点黑色或红色，显得英气勃发，而最令他怡情悦性的应该是白色——他曾亲自动手将家中沙发、桌案、四壁、窗帘全部装饰成月白色，雅洁、宁静。从万众瞩目的明星回复到日常生活的凡人，由绚烂之极归于平淡之至，能够从容应对，这是修炼。

1999年，濮存昕正在人艺的《茶馆》剧组中扮演常四爷，而由他主演的电视剧《来来往往》也正在热播，于是，我肩负着人艺院刊的采访任务又一次正儿八经坐到他的面前。

因为堵车，到达约定的采访地点——人艺排练场的时候，《茶馆》剧组已经操练开来，满台衣着长衫、脚踏布鞋的人们吆喝着、招呼着，好不热闹。我东张西望地想在其中寻找荧屏上天天见到的"康伟业"，却发觉难度太大，因为满眼都是十分眼熟的"影视精英"。好在候场的"刘麻子"何冰远远地朝我招招手，还好，要找的濮存昕穿着"常四爷"深蓝色的大褂正坐他旁边。

　　面对着一个身心正沉浸在世纪初年的"四爷"，我却非要把话题扯到二十世纪末年的一个"款爷"身上，实在有些强人所难。不过濮存昕挺给面子，顺着我的既定方针谈起了《来来往往》中的康伟业。濮存昕低低厚厚的沉静嗓音很快就把周围茶客们的喧哗过滤出去，康伟业的情感波澜再次在濮存昕的表情中荡漾开来，我们似乎重又回归到电视剧的特定情境中……

　　四年之后的一个四月天，濮存昕已经正式受命担任人艺副院长，同时，由他主演的话剧《赵氏孤儿》也在京城的话剧界闹出不小的动静。濮存昕在剧中扮演屠岸贾，这对于一向以正面形象示人的濮存昕来说极具诱惑性和挑战性，因为屠岸贾老谋深算心辣手狠，他的生命只为复仇存在，他是一个周身充满着复仇快感的人。在空旷而博大的舞台空间，饱尝过恩怨仇杀的屠岸贾心力交瘁，他用自己的一生表演了一场事与愿违的人生戏剧。问及濮存昕接受这一角色是否感到压力，濮存昕说创作的过程是艰难的，唯其艰难，才有超越自己的原动力。其实接受任何一个角色都会有压力，但是好的演员总会想办法在角色身上树立一种独立的艺术人格，坚持自己的东西是最重要的。艺途之中没有捷径，只有靠自己一步一步地蹚出路来，最好还要脱了鞋光着脚走，感觉着砂砾摩擦脚掌的快感，那才是创作的乐趣所在。

　　其实濮存昕的语言也有一种俊朗的表情。它所传达的是一个通透的生命散发出的活力讯息，是一种深切背后的平和。时

1／ 话剧《李白》中濮存昕饰李白。

2／ 话剧《白鹿原》中濮存昕饰白嘉轩。

3／ 话剧《大将军寇流兰》中濮存昕饰寇流兰。

2

3

光的流逝只能为这种活力与平和增添韵致，却无法将它们磨灭。

很显然，濮存昕永远不会如偶像派那般流行，但是他却有能力长久地牵引你的目光。无论影视，还是舞台。

濮存昕说过：不同流，才可能精彩。

宋丹丹 ∞ 历久弥新

越发老到的演技，越发平实的感动。宋丹丹似乎只是挥了挥衣袖，就将历久弥新的一种韵味传达给了热爱她的观众。这是她与生俱来的一种能力，也是她不离不弃的一种坚持。

我一直持有这样一种观点：宋丹丹是目前国内一流女演员中的演技派人物。说这话当然是有感而发。

其实很多观众都是从"春晚"的小品中认识的宋丹丹，而丹丹的幸运与不幸都因小品而生：是小品让她声名大振，同时也是小品埋没了她作为大演员应有的光彩和成就。因为宋丹丹天生就是当大演员的料，而小品束缚了她的戏路，也分流了一大批本应属于她的观众群。

宋丹丹出名很早，而且属于一夜成名的类型。不能不承认，丹丹与电视很有缘分：她主演的第一部电视连续剧《寻找回来的世界》就获了"飞天奖"，她上的第一个电视小品就使她成了家喻户晓的明星。1989年，一个偶然机会因为朋友的推荐，宋丹丹走进了中央电视台春节联欢晚会的演播室，轻轻松松演出了小品《懒汉相亲》，不想第二天大街小巷就传学开了"丹丹腔"的"俺叫魏淑芬""俺眼神不好"，这始料未及的"爆炸效应"倒弄得丹丹有些不大适应。

对于小品创作上的成功所带来的知名度，宋丹丹并未满足，甚至还有种危机感。作为北京人民艺术剧院的话剧演员，她更看重塑造出令人叫绝的舞台形象，而且，这也是她的长项所在。在不断的创作过程中，她把一串成功的舞台形象留在观众心里：《红白喜事》中的农村姑娘灵芝，《上帝的宠儿》中莫扎特的妻子康兹坦斯，《茶馆》里的小丁宝，苏联话剧《回归》中的罗扎，《万家灯火》中的没牙何老太……1991年，她因为在《回归》中的出色表演获得当年的戏剧梅花奖。

罗扎是在宋丹丹刚刚演过《超生游击队》名声大噪之时接受的一个角色，也是她盼望已久能让她过足戏瘾的舞台角色。她在剧中扮演一位年逾古稀且是芭蕾舞演员出身的外国老妪，她面临的是三十岁到七十岁的年龄跨度和中国姑娘扮演俄国老妇的地域差异。也正是因为与人物之间存在着距离，才更令宋丹丹心驰神往。于是，她毅然牺牲了初为人母的慈爱，每天清早都下一番狠心，匆匆安顿好出生只几个月的儿子，骑车直奔人艺排练场，佝腰驼背地琢磨老人的步态，老着嗓子寻找苍老的语调，观察相识或不相识的老人，先从外形上接近人物。

几天下来，她就为人物设计了全套的走立坐姿。走路时，微微前倾的腰背，肩胛轻轻扭摆，手臂不时抖动，再加上老年人特有的摇头病和颤抖的嗓音，把这龙钟老妇的情态表现得极富情趣。更难能可贵的是，她将鲜明独特的外部感觉与丰富细腻的内在心理感受有机融合为一体：舞台上，透过罗扎体力不支的蹒跚步态，观众们还能依稀看出她往日的风韵典雅；透过她底气不足却极富感染力的笑声，观众们分明听出了她顽强地拒绝衰老却又无力回天的酸楚。宋丹丹巧妙地将角色把握在老与不老之间，真实地揭示出人物既自卑又自尊，既留恋往昔又怕一梦不醒的复杂心态。

宋丹丹被人艺的导演林兆华称为"戏虫"，她的特点是入戏快而且到位，表演情真意切，她的绝活是一旦入戏，经常能把周围正在工作着的同事感动得热泪盈眶，所以导演都很放心把重场戏交给丹丹，任其自由发挥。她在《爱你没商量》《月牙儿》《我爱我家》等影视剧中的表现都可圈可点。

印象最深的一次是 1995 年拍摄《经过上海》的时候，丹丹扮演一个经营服装店的北京女孩，其中有一场与深爱的恋人被迫分手的重场戏。雨夜，恋人突然提出和她断绝关系，丹丹只用一个眼神，就把角色从毫无思想准备的惊愕到不解到痛心

1、话剧《万家灯火》中宋丹丹饰何老太。

2、话剧《白鹿原》中宋丹丹饰田小娥。

3、宋丹丹、梁天主演电视剧剧照。

4、宋丹丹参演电视剧剧照。

1/

2/

3

4

到无奈表现得极有分寸感，之后的大段台词也一气呵成，说到动情之处，热泪潸然而下，在场人员包括导演无不动容。

丹丹是女演员中少见的"自残"型，她从来都不惜为角色"牺牲"形象，她只爱心中的角色，所以很多观众都会发现，生活中的宋丹丹远比她塑造的那些角色漂亮年轻得多。

宋丹丹也有苦恼，她很怕导演把她定型，"一旦演过一个茄子，从此凡是紫色的都归你了，你也就失去了成为西红柿或者黄瓜的可能"。所以她接戏十分慎重，尽量不去重复自己。丹丹生性乐观，虽然生活也曾对她收敛过笑容，但丹丹依然热爱每个清晨和黄昏，感谢生活赐予她的一切。生活中的丹丹古道热肠，生性开朗、健谈，能够特别家常，也能特别高深，这是一般人拿捏不了的分寸。

在一个小群体中，丹丹无疑是活跃分子，无论是策划一项集体活动，还是设计捉弄哪个捣蛋鬼，丹丹都是强项，而且从铺垫到实施，从导演到主演，她都亲力亲为，滴水不漏，在充分展示自己活泼天性的同时又让人对其组织能力刮目相看。

拍摄《我爱我家》的时候就赶上一次机会，剧组的摄像过生日，丹丹悄悄串联着各部门各工种的"我家成员"准备生日礼物，只等当天的关机令一下，摄影棚瞬时变成了生日派对现场，又是蛋糕又是彩带，又是鲜花又是拥抱，整个剧组变成了欢乐的大家庭。只记得到最后，硕大的生日蛋糕拍在了每个人的脸上。那张笑大了的合影照片什么时候翻出来什么时候都让人乐翻天。

2002 年，丹丹经过了十年的阔别，重新回到首都剧场的舞台，在《万家灯火》中扮演一位历经沧桑又颇有幽默感的"老太君"何老太。

虽然与人物存在着三十年的年龄跨度，但是大家都知道，丹丹已经驾轻就熟。宋丹丹仔细研读了剧本，发觉这个人物既有幽默感又有悲剧色彩，分寸不太好把握。于是舞台上的丹丹很注意掩藏自己本身的喜剧色彩以免观众分神。她认为塑造人物的过程其实就是上色的过程，你的颜色越丰富，人物性格就越丰厚，在舞台上就能有光彩，就能吸引住人。观众是看人物，你演得好，就能带动观众跟着你入戏。

舞台上的何老太多年守寡，含辛茹苦独自带大三个儿女，嘴刁心善，眼里决不揉沙子，嬉笑怒骂皆成文章……宋丹丹完全深入到角色内心，那一段追光下的独白，说尽了老太太一辈子的辛酸，从宋丹丹泪光闪动的眸子里，观众强烈感受到一个平凡女人用一生时间浓缩出来的美丽。宋丹丹在塑造人物的过程中充分展现了刻画人物的深厚功底和观察生活的独到细腻，成为整台演出的夺目亮点。该剧公演之后，媒体和观众对宋丹丹扮演的何老太毫不吝惜赞美之辞，评论家也认为这是宋丹丹阔别舞台之后的一个高水准亮相。

宋丹丹自称很喜欢演老太太，她说每一个老人其实都不简单，都经历了一生的风风雨雨，她再平凡，在她的一生中也会有惊心动魄的瞬间。宋丹丹特别想演一个女人一生的戏，她觉得一定会很过瘾。我也深信，在她的演艺生涯中一定会遇到一个自己最最心仪的"老太太"。

冯远征

8 无悔青春祭

属虎的冯远征爱喝不加伴侣的"清咖",热衷蓝莓口味的巧克力,爱用梳子梳理寸头,爱嚼坚果类的零食……他和妻子梁丹妮的爱情故事也近乎传奇。

据不完全观察,经历奇特的人,表情上往往是一派曾经沧海的豁然与平和。当高高瘦瘦的冯远征平静地告诉我,他曾练过专业跳伞的时候,我再也不能继续呼应他淡然的表情,禁不住对号入座展开了想象——面前的这个人竟然敢从几千米的高空自由下坠!而且以此为业、乐此不疲!不服不行。体验并享受过这般非凡刺激的身心,想必一定是超凡脱俗的了!这样一想,尽管面前的冯远征依然平易,我却不由得肃然了。

1

2

3

4

早知道冯远征是个"老"人艺,但一直未曾谋面,原因是我到人艺的时候他已经去了德国,后来断续得到一些他回国后在影视发展的消息,但始终没能以同事的身份在人艺碰面。这回剧院排练小剧场话剧《足球俱乐部》,冯远征是主演之一,加上院刊的采访任务,我于是公私兼顾,逮住冯远征好好盘问盘问。

像很多大牌明星一样,冯远征对于自己今后将要从事的演艺生涯丝毫没有预先的设计,只是在 22 岁不得不结束跳伞职业的时候,带着一种转行的无奈和悲壮,走进了北京电影学院的考场。而考官中正好坐着一位即将改变他一生走向的女士——导演张暖忻。

时隔多年,冯远征依然记得他在考场上被要求朗诵了一首诗,但是被主考老师中途打断,自尊心极强的他在随后的"自选歌曲"中主动"暂停",考官问为什么不唱了,冯远征特"牛"地回敬道:我不想唱了!可能就是这点儿犟脾气以及随后与临时搭档成功表演的小品"重逢"让张暖忻导演的眼前一亮,最终敲定由初出茅庐的冯远征担任电影《青春祭》的男一号。从此,演艺之路铺展在冯远征的脚下,他也义无反顾地经历并享受着一路上的峰回路转、柳暗花明。

1985 年,人艺演员培训班招生,冯远征从容应试,幸运过关。第二年就被选中在夏淳导演的《北京人》中扮演大少爷曾文清,与王姬、罗历歌等优秀学员同台演出。排练过程中,冯远征感受最深的是夏淳导演的循循善诱和细腻入微,仅仅是曾文清出场的一个撩门帘的动作，夏导演足足排了一上午，把冯远征"撩"得一头雾水，最后夏导提醒说：我希望你明天穿一双布鞋，留一个分头来排练厅。冯远征依言行事，果然神奇的事情发生了，分头增加了年龄感，脚上的布鞋自然而然使行动变得蹑手蹑脚。一种被压抑的窒息感让冯远征一下子捕捉到了准确的人物基调，之后的一切变得水到渠成。从此，冯远征开始真正融入到北京人艺特有的演剧风格之中，完成了"开窍、合槽"的重要转变。

也就是这次演艺实践，奠定了冯远征的"远征"之行：1988年，在德国专家的点名邀请下，冯远征远赴德意志，开始了在"西柏林高等艺术学院"的求学生涯。

生性好强的冯远征只身闯荡，在陌生的国度开始了针对自我的"第二次开发"。在一句德语不会的情况下，一切等于从头再来。冯远征一边师从格罗托夫斯基系统学习表演，一边经历着世界观的悄悄转变。经历过德国大选和东西德统一等重大事件之后，冯远征开始认真思考人生今后的走向。后来的事实证明，冯远征那一阶段的思索和随即做出的决定是相当明智的。1991年，冯远征以最快的速度办好了回国手续，那一年，他29岁。

应该说，29岁是男演员的黄金时段，而回到人艺的冯远征却仿佛是个成熟的婴儿，面对着曾经熟悉而今越发神秘的舞台，他在心里画了个问号：我还能不能演人艺的话剧？冯远征知道，只有重新修正自己，才能重拾自信。1996年，他主动请缨，要求在话剧《好人润五》中扮演小角色。在塑造"大盖帽"和"小民工"

的过程中，他有意淡化表演中的"分析"成分，加重"感受"的比例，他坚信，成熟的演员是利用本能将感受转化为技巧的。舞台上的冯远征欣慰地发现：可贵的自信重新回到了自己的体内。

带着这份自信，冯远征在舞台、银幕、荧屏上留下了一大串可以圈点的人物形象：《古玩》中扮演秀王爷，《官兵拿贼》中饰董事长，《茶馆》中扮演松二爷，《日出》中扮演方达生……而他主演的影视作品也越发令人关注：从早年的《针眼儿警官》《琉璃厂传奇》到《月亮背面》《烟壶》《金秋桂花迟》，直至热播一时的《不要和陌生人说话》《梦断紫禁城》等影视剧，都得到了广泛的认可。冯远征在各种各样的情感旋涡中用心纠缠，在各种各样的艰难境遇中奋力挣扎，从而让观众在一个个好看的故事中记住了他，也让自己在一个个虚拟的世界中玩味人生。

冯远征属虎，已年过半百。如果从主演第一部电影《青春祭》算起，他在演艺之路上已经颠簸了三十多个年头。当青春真的成为一个站台，在岁月的车轮中渐渐模糊成记忆的时候，内心的平安和充实是消解惆怅的唯一良药。

冯远征不怕老，他毫不后悔把青春留给了戏剧，尤其庆幸自己曾经站在北京人艺的舞台中央。是人艺为他开启了一扇门，他在这里领略到了表演艺术的无限风光。现在的远征越来越自信了，他相信自己是一个能够演到老的演员。

杨立新 & 山不转水转

做戏如同做人，无数艺术家穷其一生实践着这个真理，杨立新也不例外。

在演员队伍里，杨立新属于不会拿派不擅作秀之列，而且论相貌比气质，他也缺少一出场就能晃人眼的先天条件，但是杨立新具备最可宝贵的恒心、耐心和进取心。凭借着对于表演事业的热爱，杨立新沉下心来，静静等待机遇的降临。2002年，经历了艺途28年的辛苦跋涉，杨立新终于赢得了幸运之神的眷顾，他因为成功塑造了话剧《天下第一楼》的卢孟实和《万家灯火》中的"田政府"而荣获第二十届戏剧梅花奖。

1／

1／ 话剧《雷雨》中杨立新饰周朴园。

2／ 话剧《龙须沟》中杨立新饰程疯子。

3／ 话剧《龙须沟》剧照。

4／ 电视剧《我爱我家》中杨立新饰贾志国、宋丹丹饰和平。

2／

3

4

　　杨立新成长的年代，是充满英雄的年代：李玉和、小常宝、杨子荣、江水英……榜样的力量是无穷的，杨立新打小儿时时萦绕于心的两大志愿就是：当兵，做演员。要当兵是因为看过《小兵张嘎》《地雷战》《鸡毛信》这些把战争场面描写得饶有趣味的电影之后，杨立新顿感生活在战争年代实在够刺激，相比之下和平的日子太嫌寡淡。考虑到亲历战争的可能性不大，所以第二志愿便依然选择了当演员，其目的也极其简单明了，丝毫没有成名成星的名利思想，完全出于想经历一番战争场面的天真念头。1974 年，16 岁的杨立新看到了北京人艺（当时的"北京话剧团"）演员班招生的海报，便背着家人偷偷去报考，朗诵了《西沙组歌》的序歌，当时的杨立新还没变完声，结果主考老师没点头。不久，北京曲艺曲剧团又到各校招人，杨立新所在的 147 中把他推荐给了剧团，杨立新挺给面子去考了，可心里却早打好了主意，考上了也不去，因为他不想说一辈子快板。结果非常戏剧性，曲剧团的老师认为杨立新的嗓子条件虽不够好，但颇具表演潜质，不做演员可惜了，又向话剧团做了推荐，于是杨立新再次来到北京人艺。他还记得当时的主考老师是林连昆，杨立新按要求跟林老师流利地对了一折《智取威虎山》，就这么如愿以偿当演员了。

　　多年来，在藏龙卧虎的北京人艺，杨立新面对的是一个接一个的小角色，杨立新一直"潜伏"着，耐心地经历着每位年轻演员都可能碰到的"龙套"阶段。由于角色小，导演阐述就少，

剧本交待的背景材料也简单，这反而为他开动脑筋、扩充丰富
角色提供了广阔天地。杨立新是个善于"着色"的演员，他通
过用心揣摩角色的行为逻辑、结合与同台演员的交流，尽量使
每个小角色也有立体感也有光彩。逐渐地，杨立新练就出"没
戏找戏"的功夫。找戏并不是抢戏，许多由他自己为人物设计
的细节令导演也拍案叫绝。最令人津津乐道的小角色是杨立新在
《哗变》中扮演的出场仅有六分钟的军医伯德。剧中的伯德医生
只有一场戏——作为一名医学权威被传出庭，向法庭提供"人在
什么情况下才能丧失理智"的专业说明。舞台上，出场时的伯
德自信、矜持，出语字斟句酌，风度温文尔雅，很为自己的医
学知识而得意，但在律师的层层诘问、步步紧逼之下，渐渐乱
了方寸，无法自圆其说，出庭时的风度已经荡然无存，代之以自
作聪明反被愚弄的狼狈。杨立新惟妙惟肖地演出了人物心理和
情绪变化的层次和节奏，他设计的几次摘脱眼镜的动作也很传
神，观众的掌声和笑声证明了杨立新的成功，就连美国导演赫
斯顿也没想到这个角色在中国观众中引起这么大的反响，因而
对杨立新表示格外满意。

　　迎着渐渐热烈的掌声，杨立新又将视野转向影视，在《半
边楼》《我爱我家》《海瑞》等影视剧中成功塑造了众多鲜明的
人物形象，给观众留下了深刻印象，也为自己的艺途开拓出一片
亮丽天地。杨立新作为演员最大特点是主动参与创作，肯用脑，
肯动心，爱提为什么，爱琢磨怎么办。也正是在一次次对自己

的提问和"刁难"过程中，他摸索到了表演艺术的窍门。杨立新常说自己是个笨人，不属于灵气四溢的天才型演员，只不过是比别人多动了一些脑筋、多下了一番苦功。杨立新还是少有的有些"笔头"功夫的演员，自从发现了他的这一特长，我就经常为人艺院刊追他的稿子，而他每次都如期交稿，而且每次还都让我眼前一亮。他的文章不仅言之有物，而且还有自己独特的行文风格，我劝他勤写，将来出一本自己的集子，他还真动心了。

　　和杨立新算得上熟识，因为我进人艺参加的第一个剧组《海鸥》就和杨立新同组，后来又同在《我爱我家》剧组拍了将近一年半的时间，还因为爱听他嘴皮子绕不过来的时候"吃螺丝"，笑他他也不跟你急，最重要的是我俩还实施过一次救人"壮举"。那是1991年排演《海鸥》，导演是任鸣，任鸣排戏是出了名的直"晕"型，几乎是倾尽全部脑力与体力拼着上，就因为用力过度，心脏出了毛病，一日病倒在上班的路上。剧组得知消息立即分头行动，我被分派的任务是和杨立新一起，把任鸣扔在半道上的自行车骑回来。为了节省时间，杨立新骑车带我直奔事发地，那一路我才领教了杨立新的高超车技，不但能够从警察眼皮底下安全通过，还能抄近道钻胡同，在人流车流间游刃有余。终于到了目的地，却想起来任鸣没留车钥匙，一阵沮丧袭上心头，莫不成白跑一趟？杨立新冷静了半分钟，然后开始满地找铁丝，未果，失落。忽而又喜上眉梢，从自己的钥匙链上卸下一个曲别针，左弯几下右弯几下，又在任鸣的车锁孔里左捅几下右捅几下，还别说，车锁居然发出一声美妙的回应，锁开了！杨立新这叫一个骄傲！而且我还真的为此由衷敬仰了他好几天。后来据任鸣回忆，他那辆车本来就破，车锁根本就是个摆设，因此他从来也不用车钥匙。

2003年，杨立新成了人艺演员队的队长，那时他正紧张排演主旋律话剧《万家灯火》，这是他第一次在新创话剧中挑梁主演，而他所扮演的角色又是正剧中最难扮演的正面形象。对于这次考验，杨立新已经是成竹在胸，拥有了诸多人生感悟，具备了塑造人物的心理贮备，杨立新从容应对，将一个苦干实干又不失幽默感的基层干部形象塑造得可信可爱，得到了观众和专家的一致认可。杨立新说，人艺的演员队伍中有个规律：一直从小人物演过来的演员都有大成就，像英若诚，像林连昆……言外之意，呵呵，挺自信的。

杨立新算是在他那个年龄段比较精通电脑的人士。排戏间隙会见缝插针，跑到最近的一间办公室，逮住一台电脑，三下五除二地玩上两盘"空档接龙"纸牌游戏。胜率基本上保持在百分之三十。

生活中的杨立新随和热情，从小的磨练使得杨立新干得一手好家务，修理缝补、煎炒烹炸样样拿得起。记得原先他住在人艺就是"半边楼"的宿舍里，每到中午就可以听到他摆弄锅勺的乒乓声，随之而来的就是一阵菜香，有些家远的演员，中午总爱在他那儿蹭一口。现在大家的居住条件有了显著改变，可是杨立新的好人缘并没变。

　　杨立新古道热肠，没一点儿架子，就像住在隔壁的邻家大哥。我很幸运，那么早就认识了他。

英达 8 那时那『家』

他有心理学的毕业证书，同时还能在三分钟之内给你画一张绝对神似的漫画；同时他的口哨能悠扬婉转地吹出三个八度；他不神秘，但他难以言说；他不经典，但他流传。

出生在三年困难时期的英达，许是借了改革开放的东风，在早已过了生长发育的年岁上，忽悠一下窜就了一副一米八五的魁伟身板，而且竟然面白如玉，白得让天天擦美白系列的女同胞恨得暗咬槽牙；早就听说 过他的减肥豪言，可餐桌上仍不时出现一口一个包子或一顿五只巨无霸入肚的惊险场面，他对此的解释是：为弥补先天不足。所以如果与英达久别重逢，见面的最佳问候语应该是"瘦了瘦了"，同时脸上做出由衷的表情。

1993 年的盛夏，我接到英导的入组通知，于是很快征得了我所在的人艺艺术处顶头上司的同意，加入了《我爱我家》这个快乐而难忘的集体。正是从这里，我迈出了走向影视圈的第一步，也初尝到自己的名字出现在"编剧"称谓后面的那种成就感。这其间，英导的鼓励与点拨自始至终化作一股暖意留存在心，一直的谢意积蓄到了今天，现在，是个郑重表达的机会，所以，就说出来了。

英达挺实在的，他说他每次着手干一件事的时候准被人占了先。留学美国的时候，他就打算写一部中国留学生在美国的纪实小说，而且已经草成五章，然而回国探亲的时候却发现一本《北京人在纽约》早已遍布书摊，于是搁笔作罢；也曾经，他为自己充满传奇色彩的家族史深深吸引，为爷爷奶奶辈荡气回肠的经历唏嘘感叹，当他在大洋彼岸正要振臂疾书的时候，朋友把一本《红高粱家族》寄到了他的手中……铁了心要弄一回大潮、领一回风骚的英达在 1993 年终于确定了最佳的切入点：搞出中国的第一部"情景喜剧"。

英达挺有眼力，第一次独立导戏就选了北京西郊花园村的一所高校作为大本营，校园内幽谧的环境正好可以平静心绪，安心作息。英达是个耐不住寂寞的人，一成不变、刻板单调的重复是他最不能忍受的，他想喊出声来，让沉重了太久、平静了太久的人们兴奋起来，并且开心地笑出声来。所以当他在《最后的贵族》《围城》等影视剧中过足了表演瘾，准备归口"干本行"

的时候，他为自己选了一个不低的起点，不过那时英达即便再自信，也不会奢望"情景喜剧"经过他的引进会在十年的时间里如此深入人心，以至于他的头上被冠之以"中国情景喜剧之父"的盛名。

英达的祖辈都赫赫有名，曾祖父英敛之是《大公报》创始人，祖父英千里曾任北平教育局长，父亲英若诚不仅是著名导表演艺术家，同时也是翻译家，并曾任文化部副部长的要职。英达作为名门之后，压力可想而知。不过英达天资聪慧，从小就被神童一样看待，这正促成了英达争强好胜的"倔"劲儿，永不言败。其实情景喜剧的剧本实在不好写，它不像相声，可以上来贫半天什么都不说光抖包袱，把观众逗乐完事。它是剧，必须交待情节，还得有冲突、有起伏，在出人意料、引人入胜的同时尽可能多地使用包袱，而且它还受室内剧场景、时空、篇幅的限制，创作难度可想而知。应该说，英达在艺术方面具有敏锐的洞察力，能够使作品的风格与观众的欣赏趣味基本上保持同步。所以在剧本的选材上，他与编剧达成共识，就写小人物的身边事，每集主题的选择尽量与社会同步，反映热点问题，或轻或重，或深或浅，都带有创作者对生活的幽默态度，而幽默背后则是严肃的思考。

不过《我爱我家》前40集刚刚拍竣播出之际，媒体并不看好，而且该剧在北京迟迟未播，原因是有人提出这部戏有讥讽老干部之意。所以《我爱我家》是从各省台播起，靠着逐渐热

1/

2/

3/

1／英达和吴彤工作照。

2／《我爱我家》拍摄现场英达给王志文说戏。

3／《我爱我家》演职人员合影。

4／《我爱我家》拍摄现场「英导」说戏。

5／同上。

4

5

烈的观众口碑和直线上升的收视率，随着时间的推移由慢热到炙手，最终演变成了情景喜剧的代名词。

英达的一大性格特点便是好为人师，如果你做出十分的虚心求教状，他便回敬你百倍的口若悬河。上至天文，下至地理，古今中外，无不通晓，这一点也充分证明了他的家学渊源，因为其父英若诚在人艺的雅号便是"英大学问"。

英达的大脑转速惊人，所以当他的部下也必须是"快速反应部队"，稍有分神就会被他逮住短儿，犯在他手里你可就有的受喽！一通数落是肯定逃不掉的，而且数落得非常专业，滴水不漏，让你脸红耳赤之际，丝毫挑不出反唇相讥的缝隙，组里人都说他"损"人不眨眼。当然这也从一个侧面旁证了他的机敏与高智商。

2004 年年初，在英若诚先生的追思会上，我见到了作为人艺同事的英达，他表示近期有意回归人艺，做回他最初的理想——导演话剧。希望能在人艺的排练厅里，再当一回他的部下。英达能言善辩，但是随着人生阅历的丰富，他的锋芒逐渐被宽容替代，对人对事都能高高远远地保有一份冷静的审视，这是岁月的历练。

英达爱玩，唱歌爱挑众人都嚎不上去的样板戏《共产党员》一折；如果电视上同时播放美国 NBA 篮球赛和他执导的《我爱我家》，他会毫不犹豫将频道调到赛场上，此时他会变成一个最最虔诚的追星族，口若悬河、分毫不爽地将那些外国球员的姓名、身高、体重、外号一一道来。他透露说自己学生时代的最大理想就是当一名体育赛事的解说员。

英达爱搬家，每当愁思不解、文思不畅的时候，英达就会实施一次"搬家"行动。将家中床头掉转角度、立柜桌椅之类重新组合，擦窗抹几，彻底清洁一番。

英达爱损人，愈是亲密熟识之人愈是不顾分寸，操练起一只如簧巧舌，不分长幼，无论男女，单捡让你最挂不住的老底儿揭。

英达嘴动之余擅长手动，擅行各种雕虫小技，拍戏时难找的道具，一应由英达承做，最以描画各种书皮封面为拿手……也正因为英达有此种种，英达没了架子，有了人缘，有了号召力。

何冰 ∞ 至味鲜浓

何冰演正剧时正得出圈儿，演喜剧时又歪得出彩儿。这点儿看似不起眼儿的本事，却足以让何冰轻轻松松享受到表演艺术的乐趣。

何冰是个自来熟，初次见面就能跟你聊得十分投缘，而且真知灼见夹杂着奇谈怪论再佐以十足的笑料，让你的头脑充满了由他输送出来的各种信息，从而使你牢牢地记住他。1990年，我和他从不同的学校走进了同一座大门：北京人民艺术剧院。

既然属于同龄人，又是同事，见面自然少了些拘束，多了份亲切。而我与何冰的缘分还不只如此，1993年拍《我爱我家》，何冰作为"客座明星"，出演了由我参与编剧的《从头再来》一集，

3/
话剧《窝头会馆》剧照。

2/
话剧《窝头会馆》中何冰饰
苑国钟。

1/
话剧《鸟人》中何冰饰三爷。

2

3

他的精彩表演为剧本增添了不少彩头，我也领教了何冰作为演员二度创作的不俗能力。后来，何冰接连在《天生胆小》《北京深秋的故事》《盛世华衣》《心想事成》《甲方乙方》《洗澡》《空镜子》等等影视剧中抛头露脸。何冰不由分说，以生龙活虎的迅猛来势很快就混出了不错的观众缘儿。

何冰毕业于中央戏剧学院表演系，1991 年，和同班的陈小艺、徐帆等人一起分配到北京人艺，先后参加了话剧《虎符》《李白》《鸟人》《阮玲玉》《北京大爷》《鱼人》《古玩》《茶馆》《狗儿爷涅槃》《赵氏孤儿》等多部大戏的排演，逐渐成长为北京人艺的台柱演员。

在台下，何冰的那张嘴也从不闲着，他模仿的单田芳说书，无论是沙哑的嗓门还是夸张的声调，绝对乱真。在众多引人入胜的"段子"里，被他描绘得最为成功的主角是一只叫作"白白"的猫。它的憨态，它的懒样，它的小心眼儿，甚至它进攻前的小心翼翼以及碰壁后的沮丧失落全都被何冰拟人化地描摹尽致。相信何冰用这个拿手节目去报考任何一家剧团剧院都不会被拒之门外，而那只叫"白白"的猫也成了让剧组人人心痒的宠物。

不容怀疑，何冰具备极强的模仿力，而英达正是看中这一点，才邀请何冰为《起步停车》中的姚二嘎配音。由于事先知道，等到电视台播放的时候我特别留意，却依然不能相信荧屏上不是姚二嘎本人在说话。口型和声音与原版贴合得如出一辙，让人不禁大呼，何冰这嘴皮子真是够毒的！

1998 年，再一次的机遇又让我和何冰一起走进了小剧场话剧《雨过天晴》剧组。掐指一算，何冰绝对算是小剧场话剧的"老"演员了，人艺小剧场建成之后上演的第一部戏《情痴》就是由他担纲主演。可是这一次老革命遇到了新问题，他在全剧将近两个小时的演出中，不仅要双腿跪地，还要匍匐在地、仰面倒地，更要翻滚腾跃，真所谓摸爬滚打样样不落。每天排练不出半小时，何冰的衣裤上就已满是尘土。一个双休日之后的星期一，讲究穿着的何冰换了一身帅气的休闲服来上班，刚开始走戏的时候也觉得有点儿对不起那身行头。导演出主意说要不在地上铺几张报纸，何冰作出毅然决然状，挺身大声说：别拦着我！好不容易找到一回为艺术献身的机会，岂能放过？说罢倒地进入状态。满身的尘土并没有遮盖何冰的光彩——由于他在《雨过天晴》中成功塑造了演员 Q 的形象，何冰荣获当年的戏剧梅花奖。

说实话，何冰其貌不扬，但他自有一股帅气，是块做演员的材料。别瞧平日里大大咧咧嘻嘻哈哈，他可绝对是个有心人。只要是他认定的够档次的演出，他从不放过"偷艺"的机会，剧场里绝少不了一双他的眼睛。他崇尚自然酣畅的表演，认为表演的最高境界，就是演员通过自如地表达角色，从而彰显自身的性格魅力。他在心目中膜拜着两位演艺高人：朱旭和林连昆。

身在人艺，其实是演员的幸运也是演员的悲哀，幸运的是你占据了一方得天独厚的有利位置；悲哀的是周围早已大树参天，难得有你露脸的机会。何冰深知其中三味，很正确地摆正自己的位置，同时心中的一份自信并未泯灭，反而在不断的细心观摩和舞台实践中日益增长。自从踏入演艺行当，何冰就在不远不近的前方给自己设立了一个目标：在人到中年的时候，留给观众几个记得住的角色。

"三十岁之前，我总是演一个小人物，艰难创业，最终成功然后又返璞归真。"何冰简洁地为自己归纳，我跟了一句："这可能预示了你今后的走向。"他反应极快地回了一句："谁说我现在还是小人物？！"然后我们都笑。你看，何冰的幽默就这么随时随地，见缝插针。果然，过了四十的何冰年年都用作品吸引观众的眼球，让你想忘了他都难。

也曾经，有媒体评价何冰是梁天的接班人，属于"都市后进青年"的代言人。不过后来这种局面大大改观，因为何冰的戏路逐步拓宽，尤其是他在《空镜子》中出演的那个小心眼丈夫形象，使他在观众面前充分展现了自己塑造人物的演技实力。

2004 年一开头，何冰又让人眼前一亮，他在电视剧《浪漫的事》中与朱媛媛一起，再现了一对贫贱夫妻的真情真爱，精彩的细节和对白不胜枚举，两人都"俗"得美不胜收。

属猴的何冰确实好动，对足球、篮球、羽毛球都有兴趣。在人艺排话剧，他会利用午休时间，约上一帮球友，在排练厅里拉上网子，抽杀腾跃，直至大汗淋漓而归。问他是不是为了保持体形，他说我这形象再保持也演不了英俊小生，我是受过刺激。原来，何冰曾经向往成为明星足球队的一员，心说明星踢球还不是花拳绣腿，树荫底下比划两下谁还玩真的？于是乘兴而去，不料到了现场他吓傻了，还要体能训练，教练真掐表计时呢！何冰想想自己细胳膊瘦腿的上五楼还喘呢，转身悄悄溜了。从那以后，何冰开始玩命锻炼，一方面为了下次到球场上也能招呼两下，更重要的是想练出一个结实点的身子骨，要知道拍戏也是力气活。被他选中的长期健身项目是游泳。

安静一点的爱好何冰也有，看影碟。他看得十分投入，从情节设置到镜头运用，凡是有所触动之处都细细揣摩，而且必须马上与人分享，过了嘴瘾之后，他又互通有无，开始影碟交换活动，一些消息不大灵通的老演员总是从何冰那里得以目睹世界电影的最新动向。没的说，何冰是个热心肠。

2003 年，何冰在人艺的舞台上大显身手，先在《北街南院》中扮演一位北京"的哥"，他用饱含活力的表演将一个嘴贫话密却又热情可爱的北京爷们儿杨子表演得特别可人疼。他爱生活，尽管他的小理想小追求几乎被生活消磨殆尽，他却依然对所有的人和事保有真挚的情感和真诚的态度。何冰在台上贫着侃着却让台下的每一个人感动着。

不到一个星期的时间，首都剧场里的何冰又摇身一变，成为《赵氏孤儿》中忍辱负重的程婴。他肩负着忠义的沉重使命，不惜献出自己的亲身骨血换回了孤儿的性命，更在漫长的岁月中背负着卖主求荣的骂名，含辛茹苦将孤儿养大，却在即将实践自己毕生"复仇"使命的时候，得到了来自孤儿对于强加于自身的杀戮使命的抵抗，从而彻底颠覆并泯灭了程婴的毕生所求。舞台上的何冰步履迟缓，语调凝重，内心矛盾达到极至，但表面依然冷峻……这与《北街南院》中的杨子简直形成天壤之别。"悲情程婴"的亮相让观众不得不感慨何冰作为演员的可塑性，同时也就不奇怪他为何三十岁的年纪就已把梅花奖收纳成了自己的囊中之物。并且，凭借2003年度这两出剧目中的精彩表现，问鼎"二度梅"的殊荣。

何冰曾在一篇名为《技术·品格》的文章中，精当地论述过演技与做人的道理，他说演员必须具备将剧本还原成生活的能力。人艺的老艺术家从不把演戏和生活分开，他们知道人在生活中是什么样的，他们只是把生活中的真实再现、提炼、升华，观众就认可，就欢迎。但同时，技术再好的演员，无品无格也不可能成为一个表演艺术家。尽管有的演员技术完美，有的个人魅力十足，但真正在剧场里触动人心灵的演员是那种有品格的演员。表演不可能单纯地以技术的形式存在，技巧本身的优美只有依托在品格的基础上，才是高级的，否则炫耀技巧就是卖艺。没有品格约束的表演，很难展现高层次的美——看得出，这是爱动脑的何冰用心揣摩出的演戏之道。

何冰还会不断地让我们眼前一亮，又一亮。这一点我坚信不疑。

徐 帆 ∞ 舞台追梦人

仿佛是上天策划好了，就是为着这方舞台，老天爷才把她降生到这个尘世上来的。

曾经在一篇文章里这样形容过首都剧场：这是一方声光形色的舞台，这是一个亦真亦幻的世界，这里演绎过无数次的悲欢离合，也激荡起无数的眼泪欢笑；这里是最苛刻也最慷慨的所在——掌声与泪水共存，艰辛和幸福同在；这里是没有终点的旅程，永远保持着与顶峰的一步之遥，永远展览着跋涉中的万千风景，招引一代代的青春，为之神伤，为之纵情——这里，就是首都剧场，就是北京人艺。而徐帆，就是这里正值青春的风景。

徐帆是湖北人，身材高挑，气质清郁，有戏曲功底，天生的青衣坯子，考入北京人艺与中央戏剧学院合办班的时候，是指导老师苏民的得意弟子。分到北京人艺，徐帆第一个大戏就是在契诃夫的《海鸥》中扮演女主角妮娜。那时，她刚23岁。

就像徐帆在《青衣》里扮演的筱燕秋一样，她也仿佛是上天策划好了，为着这方舞台才把她降临到这个尘世上来的。与生俱来的表演潜质和靓丽形象让她顺理成章就干上了演员的行当，而且，一路绿灯。我们不妨罗列一下她从艺以来的成绩单：1991年，徐帆就在中戏毕业大戏《哈姆雷特》中饰奥菲利亚；1992年在人艺话剧《舞台上的真故事》中饰刘春燕、《红白喜事》中饰小珍；1993年在话剧《鸟人》中饰小霞，三个话剧中均以农村姑娘形象示人。1994年在话剧《阮玲玉》中饰一代名伶阮玲玉，1995年在话剧《哈姆雷特》中饰皇后，1997年在话剧《鱼人》中饰燕子，2000年在话剧《风月无边》中饰雪儿，2001年在话剧《蔡文姬》中饰蔡文姬，2003年在话剧《赵氏孤儿》中饰太后。而影视领域也是收获颇丰：电视剧《武生泰斗》《情殇》《月亮背面》《南方有嘉木》《永远有多远》《日出》《一地鸡毛》《青衣》《结婚十年》《其实你不懂我的心》，电影《大撒把》《永失我爱》《给太太打工》《爱情麻辣烫》《甲方乙方》《不见不散》《紧急迫降》《一声叹息》《手机》等等。1995年因主演话剧《阮玲玉》获第十三届梅花奖和文化部第六届文华表演奖；1998年因主演电影《不见不散》获第六届北京大学生电影节最受大学生欢迎女演员奖和中国电影华表奖优秀女演员奖；同年被二十所高校学生评为"大学生心目中的时代女性"；1999 年获第七届电影表演艺术学会奖；2000 年因在电影《一声叹息》中的出色表演，荣获在埃及举办的第 24 届开罗国际电影节中的最佳女主角奖。她还曾被网民评为"最为典型的城市白领女性形象"。

从徐帆近年的影视作品可以看出，她是一个很会"挑戏"的演员，几乎是一戏一变。曾有记者评论道：如果单看演技或者长相，或许徐帆排不上第一，可是两者兼而有之能数第一的，在当今中国女演员中，大概再无人能出其右。这一点说得很到位，徐帆的身上有一些古典女子的慵懒，还有一些知性女子的聪慧。其实生活中的徐帆从没有那么多的"定型"，自然随意地享受属于自己的简单快乐。给人印象最深的是她悦耳的嗓音，如果在楼道里与她打招呼，她的那声应和是最能显示其戏曲功底的，脆亮而悠长，很是中听。

说起活跃在人艺舞台上的徐帆，就不能不提另一个名字：濮存昕。因为徐帆在人艺舞台的第一次亮相就是与濮存昕演对手戏。后来，又有很多次在人艺的节目单上看见这两个并列的名字，《鸟人》《阮玲玉》《哈姆雷特》《鱼人》《风月无边》……仿佛不止是巧合，纯感性地说，见到这两个名字就仿佛满足了一种期望，或者套用一句俗语，应该叫作"最佳搭档"吧。几番艺海沉浮，徐帆和濮存昕都十分幸运地"沉淀"在人艺的舞台，

1 / 话剧《蔡文姬》中徐帆饰蔡文姬、濮存昕饰董祀。

2 / 话剧《阮玲玉》中徐帆饰阮玲玉。

3 / 话剧《窝头会馆》中徐帆饰金穆蓉。

4 / 话剧《原野》中徐帆饰金子、胡军饰仇虎。

3

4

成为一对执迷其中的追梦人。

记忆里，他俩不是俊男靓女的组合；印象中，他俩不算一夜窜红的明星。然而，他们就这样不温不火地站到了你的面前，并在你毫无防备的时候，打动你。当时序进入 2000 年，濮存昕和徐帆再次遗梦在《风月无边》的舞台……眼前是两情依依，耳畔是仙乐声声，沉浸在遥远却又真实的情感世界里，看轻拂的水袖，舞动的裙裾；叹无常的人生，善变的人心，徐帆与濮存昕在无边的风月中低吟浅唱，此时二人台上的配合已是了熟于心，无须刻意。那是一部很像画的话剧。就这样，一个带着亦真亦幻的浅笑无痕，一个施展大象无形的随心所欲，徐帆和濮存昕站在舞台深远空灵的背景下，魅力逼人。

曾经问过两人互相之间的评价，濮存昕认为徐帆身上有一种很可贵的特质，无论是舞台上还是生活里，徐帆是理智的，但她从不让天性受到丝毫的压抑。于是她在由感受到表达的转换过程中容易找到捷径，所以表演对于她来说就变得容易了。说起两人同台合作的感受，濮存昕提到了在国内只公演了十几场的《哈姆雷特》。濮存昕觉得徐帆就是从那部戏开始"醒"了，开始摆脱了当学生的"匠气"而派生出优秀演员的灵气。虽然在那部戏中比她小一轮的徐帆扮演他的"母后"，但濮存昕在当时的舞台空间里真真切切地相信了、认可了这位"母亲"。随着表演实践的一步步积累以及生活阅历的日渐丰厚，徐帆已然把握住了表演中最难拿捏的分寸感，在《风月无边》中将一个为戏而生、为情而死的雪儿，柔美甜润地呈现在舞台上。

徐帆的表演经验是"戏不求满，但求恰到好处"，这和濮存昕一贯恪守的"在舞台上表达自己的审美"的观念有异曲同工之妙。在徐帆眼里，濮存昕是个具备个人魅力又特别用功的演员，她说和濮存昕同台演戏特别省脑子，"他每部戏都有他的追求，我们彼此配合上很熟，我知道他的路子，所以省掉了磨合的过程，入戏快"。徐帆曾经感慨和濮存昕同在一个剧院，又同台合作过许多次，但真正算得上是对手戏的只有一两部，所以《风月无边》也算是成全了她的一个心愿。

已经"而立"的徐帆对自己现在的生活很知足，但在知足的同时心气儿很高，自从拥有了一段众人瞩目的婚姻，她便更多地出现在公众的品评之中。直到夫君冯导的一本《我把青春献给你》面世，才稍微平息了一下红尘中有关他俩的传说。徐帆坦言和冯小刚在一起使她变得开朗，遇事也总是乐观对待，这是婚姻对她个性的最大改变。现在的徐帆生活中的最大愿望就是做个快乐母亲。

可以同时在电影、电视剧和话剧中游刃地寻找适合自己的角色，这对于一个演员来讲无疑是最幸福的。

演话剧带给她荣誉，演影视带给她名气，演出形式的不同决定了它们之间的不可取代。徐帆说演话剧是因为兴趣所在，她说她爱极了首都剧场的开幕钟声，她说那是她去过的所有剧场都不可比拟的美妙之音。不在北京的人很难理解话剧在北京的火，那种在舞台上的感觉和拍电影电视剧完全不同。

　　无论什么形式，只要剧本具备打动人心的力量，徐帆都愿意尝试，她就是希望不断地体味这种创作过程的快乐，至于身外的其他，不在考虑范畴，所以徐帆属于边走边唱的类型，很少刻意地总结自己，她说那种事情等到演不动了再做也不迟。

　　不断地感受生活，不停地享受生命，徐帆很清醒地追逐着自己的梦想，并一步步把梦想变为现实。

梁冠华 ∞ 心阔天自宽

喜庆而圆满的体态，底气十足的嗓音，敏锐到位的艺术感悟力，浑然天成的幽默感综合作用，使他参演的每一部戏几乎都成了他的代表作。

要说也写了不少篇人物专访了，可是依然没有练就出"自由撰稿人"的风度：电话采访的唐突和局促早就被我摒弃了，而拽住采访对象转瞬间由生变熟愣向人家刨根问底，从礼貌上、习惯上也都有悖于笔者待人接物的方式，于是能够有缘走到我笔下的人物就十分有限了。至少我应该和他（她）有过初次的接触，一段"共事"的经历尤为重要，这样我可以很容易找到下笔的契口，脑海里浮现着那人的笑貌音容，桌案上摊满那人的履历资料，

1／ 话剧《鸟人》中梁冠华饰胖子。

2／ 话剧《红白喜事》中梁冠华饰热闹。

3／ 话剧《茶馆》中梁冠华饰王利发。

4／ 话剧《狗儿爷涅槃》中梁冠华饰狗儿爷。

1／

2／

3

4

神定气敛，一切停当之后，不动声色地掏心窝子。

那一次和梁冠华的机缘不错，我有两个月从旁观察的绝佳机会——2002年年初，我们同在北京人艺的重排剧目《狗儿爷涅槃》剧组。昏暗的楼道里，对面一个影壁式的黑影晃过来，迈着四平八稳的方步："吴老师，有日子没见啦！"然后你眼前渐渐呈现出寸头、笑眼儿、玲珑的五官以及圆满的腰身，一个善意而狡黠的"老梁"在视野里焦点清晰。

被同事们"老梁老梁"呼来唤去的梁冠华当时已经是人艺最高职称的享有者——一级演员外加二度梅花奖的获得者。"那你这辈子也没什么奔头儿？"我设身处地地发了愁。"真没追求。"老梁批评我，"剧院对咱不错，咱也得对得起人家不是？"老梁还真是卖了块儿，在如今影视捞钱、挣名"短平快"的大趋势下，他是人艺上戏最多的年轻演员。

演戏这事儿也是说不清道不明的，如果你是一块"成角儿"的料，舞台也对你三分谄媚。老梁身上就有那么一种威慑力，台词一经他口而出，观众席里立即有彩儿；他那够"吨位"的身形往台上那么一戳，观众即刻五迷三道地跟着他进入舞台假定性之中，毫不犹豫地相信他所创造的人物形象。

老梁干这行没一点儿必然因素，家里父母全是搞医的，小学中学也没见他在文艺方面展露什么耀眼才华。临近高考了，一边啃着数理化一边数日子的梁冠华忽有一日对着张《北京晚报》发了呆，那上面的一条"豆腐块"消息搅得他乱了阵脚："北京人艺演员培训班招生"！就是《丹心谱》和《茶馆》的那个剧团！老梁心存向往之意，反正考演员也不用复习，万一撞大运撞上了，不是免了三天考场的煎熬吗？于是，仗着一次演讲比赛得过奖的自信，老梁站到了童超和朱琳的面前。就是在今天的三楼排练厅里，自编小品《挤》令一长溜考官们对这位胖小伙儿刮目而视，百里挑一的比例梁冠华拔了头份，1981 年成了他艺术履历中的第一个年头。

看着我刚从他艺术档案中抄来的"参演剧目"，老梁瞪大了眼睛："这些都是我演过的？"

《红白喜事》中的热闹，《二次大战中的帅克》中的帅克，《纵火犯》里的施密茨，《田野……田野……》中的韩大嘟嘟，《虎符》中的魏王，《鸟人》里的胖子，1994 年的《阮玲玉》和《蝴蝶梦》，1996 年的《红河谷》和《篱笆》，1997 年的《鱼人》《古玩》，1999 年的新版《茶馆》，2000 年的《风月无边》，2001 年的《蔡文姬》，2002 年的《狗儿爷涅槃》……越来越大的角色反差造就了越来越传神的演技，老梁被一大堆成功的角色簇拥着，梅花奖、表演奖不断地"入账"，于是从最年轻的二级演员一路领先，晋升为剧院最年轻的高级职称享有者，并拥有了一个充满爱意的绰号：戏虫。在此，无论是观众还是他本人，都不能不提及 1996 年由他主演的美国话剧《篱笆》。

尽管《篱笆》在首都剧场仅仅演了十三场，可凡是看过演出的观众还是大声惊呼：与《篱笆》失之交臂的话剧迷是九六年最不走运的人。虽然该戏在中国上演存在着种族、地域、时代背景上的限制，虽然人们熟悉的老梁这次一出场就涂得满脸黝黑，满嘴的黑人小调和棒球经，但是从他举手投足的从容笃定之间，我们轻松地感受到梁冠华运用着从不衰减的舞台自信拿捏着观众，驾驭着角色。他把自身对于角色生命价值的领悟外化为强悍而忧伤的性格魅力，他借角色之口抒发着人生感叹，淋漓尽致地借助剧本的起承转合展现着戏剧的无穷魔力。一段深切的生命体验，一个"偷进二垒"的黑人，一道无处不在的心里篱笆，梁冠华将人物命运的悲剧性和性格的喜剧色彩充分调和，不动声色地拽住观众目送着他最终远去。老梁说演这出戏是最累的，无论心理上还是生理上都必须由始至终绷紧一根弦儿，一刻不得懈怠。"那种戏剧强度跟林连昆老师演狗儿爷有一拼。不过演起来真过瘾。"老梁说着说着话，全身都较上了劲儿，仿佛又入了戏一样。

人说现在这日子口依然致力于话剧事业的人都具备牺牲精神的，老梁无疑在其列。就说《篱笆》，老梁算绝对的男一号了，从排练到上台，摸爬滚打两个月的时间，剧院的演员酬金也给到了有史以来的最高额：一千八百元整。可这仅仅相当于电视剧组中一个一般职员十天的酬劳。不过也曾涉足影视的老梁依然割舍不掉话剧："在舞台上我不用提防自己变成'特型'。"的确，人艺的导演从没在老梁二百斤的体重上面动过胳肢观众的心思，老梁自然也不放过任何一个可以展现自己表演天赋的机会，相互的器重达成了相互的默契，老梁在舞台上一路放歌，走得好不畅快。可话又说回来，当演员的没有不想出名的，看着当年培训班的同学一个个大红大紫，过明星瘾挣大把票子，说不动心那是假的，这就要看权衡得失的时候出发点是什么。老梁心里明镜似的，看眼前还是奔长远他有准谱。当然了，有好戏好导演找上门来，老梁也乐得在影视方面露一小脸，像炒得挺红火的张艺谋的《有话好好说》、张瑜的《太阳火》，还有出任男主角的《都市英雄》等等，老梁都没把机会轻易放过。机遇终于惠顾了老梁：一部《贫嘴张大民的幸福生活》让梁冠华成了家喻户晓的明星。

　　老梁的幽默感是位于"三句半"的半句位置上的。挺平常的对话，挺正经的在座人，但是如果有老梁在场，那就仿佛一颗不定时的笑弹埋在身边：跳跃性的语感，有悖于常人的逆向思维，都是"梁氏包袱"的重要组成部分。被他逗出来的笑，是那种暗地里乐出眼泪的笑，是很久以后偶尔想起来依然忍俊不禁的笑。老梁学说方言是一绝，在《鱼人》里，他要用四川话演一位老军人，几遍对词下来，老梁就找到了四川话的语言节奏和声调感觉，很快台词就不成负担了，而且平时和大伙开玩笑他也用很正宗的四川话，弄得人不服不行。

　　收拾起桌面上摊乱的草稿纸、资料和照片，我心里很自然地涌上一种类似养花人一样的满足感，我细心地经营，每完成一段就玩味一回，看着文章就像抽枝长叶一样渐渐丰满，我也在行文之中和我的对话人越来越熟识，越聊越默契，这就是写文字的乐趣所在，也是我喜欢写人物的一个原因。

2002年是北京人艺建院五十周年大庆，由于林连昆老师的病退，老梁接替他在复排剧目《狗儿爷涅槃》中出演狗儿爷，这是一个经典的戏剧人物，是老梁在替代于是之成功扮演了王利发之后，遇到的又一挑战，不过老梁一点儿也没让大家担心，上了台，一切水到渠成。

2003年8月，我和老梁同行参加英国艾丁堡戏剧节，别看老梁"吨位"大，可是行动灵活，心还很细，一路上边走边看，手里始终不放的是一架家用摄像机，沿途的风光、当地的风土人情尽收其中，回去后压成碟片，永久保存。摄像机里存有一幅这样的画面：身处中心城堡背后的山丘，眼前是高高低低的尖顶建筑，远处是天水一色的海面，一个身在异国的人生瞬间，心头涌起很多感动。讲出来的时候，老梁竟有同感，于是更加难忘。老梁具备极高的语言天赋，即便是到了国外，他也适应力极强，一个星期就能简单对话，简直叹为观止。

老梁最重要的影视作品是在《神探狄仁杰》中扮演狄仁杰，越来越多的观众发现，老梁能够胜任的角色跨度很大，因为他有他的独门诀窍，有他的"内功真经"，我们只消屏气凝神，等着看他的好戏就是了。

林兆华 8 拒绝定格

林兆华从不总结自己，他从不把这次的成功当成下一次的保险，他宁可要台一次的保险，他宁可要台台出新的毁誉参半，也不要一成不变的众口褒扬。

　　林兆华，一个总要惹得评论界沸沸扬扬的名字，一个总是同时缀满着惊叹号与问号的名字。作为当代戏剧界最有争议也最具轰动效应的导演，他的每次亮相都出乎人们的意料，他在这一次与下一次之间所能跨越的艺术幅度，连朝夕与之共事的朋友也难以度量。

　　林兆华有个在戏剧圈流传甚广的绰号：大导。在人艺人的心目中，他是一个年逾古稀的"小年轻"。行走在戏剧行当的人大多有个共同特质：大人不像大人，孩子不像孩子。林大导就把这种特质发挥到了极致。在人艺见到他，他永远是一副很难紧张起来的松弛做派，永远端着个大茶缸走进离他最近的一个办公室去续水，与老少同事们打招呼逗趣开玩笑，讲他的神功元气袋，说他最近看过的碟片，随口嚼上几颗西梅，洗好几个西红柿或苹果当零食备着，穿着一身宽松舒适的"哈韩族"服饰，不时活动活动在他这个年龄段绝对算得上出类拔萃的柔韧筋骨，总之完全就是一闲散随和的筋道老头，全然不见在他缔造的舞台演出中展现出来的神智飞扬、恣意纵横的大导演气派。

在人艺指点生人寻找大导的办公室，大家都会不约而同采用同一种指代——"就在大红门帘那屋！"是的，掀开人艺三楼拐弯处一幅大红牡丹图案的棉布门帘，你就可以坐到大导那间有着饭盒、唱机和书架的工作室里了，当然，随时要留神脚下，也许会有报纸卷儿或酸奶盒儿蹦出来绊你个小趔趄。经常地，会从那间屋里飘出或婉转或喧闹的音响，民族的、交响的、古典的、摇滚的，都说不准，震撼力足以叫醒你耳朵，并且，伴随着袅袅烟雾——大导的烟瘾也够豪华七星级。

"林大导"在人艺还有个不甚响亮的绰号：林狡猾。绰号的来由一方面是他大名的谐音，一方面也形容他的足智多谋。我曾亲眼得见，排练《舞台上的真故事》的时候，他想让演员放松情绪，谎称出去打电话，让演员自己琢磨，然后走出排练厅，随即孩童一般返身，透过门缝观察演员的一举一动，一旦发现好的调度和神态就及时巩固下来。如此，在他指挥下的排练活动灵活性很大，他从不因事先的设计而禁锢演员的能动性。当然，这种"道高一尺"的排练方法必定是建立在烂熟于心的导演构思之上才有可能出现的余裕。

大导平日大大咧咧，可对于养生却丝毫不含糊，而且与时俱进，追逐时尚。食物搭配、热量消耗、科学配比、坚持不懈。早几年，总是看见大导蹬着一辆时尚轻便的山地自行车出出进进，车靓人帅，车技精湛，闪转腾挪，丝毫不输小辈，羡煞旁人。大导的午餐一般都在人艺解决，他总是从家里带饭，食谱不轻易示人，眼见着他精神头儿与日俱增，大伙儿对他那只不锈钢饭盒渐渐产生了兴趣。经有心人勘察，推测出林氏健康食谱若干，如秘方般私下流传，于是，属于大导的另一种传奇渐渐衍生开来。

生活中的大导拥有一个典型的戏剧家庭，老伴儿是中央戏剧学院的教授，一双儿女也在国家级剧院中占据着演员和导演的席位，单靠这一家子，足可以组织起一场像模像样的话剧演出。从生活到艺术，林兆华都举重若轻，挥洒自如。

"我排戏首先想到的是形式，形式没想好我没法排戏。"二十多年前，在《鸟人》公演后的评论座谈会上，林兆华对全剧结构的处理、尤其是两个空灵的空场及一头一尾光的切换深得专家好评，认为导演痕迹被巧妙掩盖，手法已经相当圆熟。正如林兆华的一贯做派，他导戏十分注重形式表现，不管这种形式是太传统还是太超前，是太写意还是太写实，他只求舞台表

1/

2/

3／

4／

5／

1／　话剧《白鹿原》剧照。

2／　话剧《鸟人》剧照。

3／　「林导」为徐帆等演员说戏。

4／　林兆华生活照。

5／　话剧《绝对信号》剧照。

达能够淋漓尽致。他的许多脍炙人口的作品无一不是以新颖灵动而又意蕴深厚的舞台形式夺人耳目：1982 年的《绝对信号》在中国话剧舞台上首次使用了完全打破台框的小剧场演出形式；1983 年推出以荒诞手法和整体象征的寓言剧形式演出的《车站》；1984 年则有实得不能再实的机井出水、烟囱冒烟的《红白喜事》问世；以提线木偶参与演出的《罗慕路斯大帝》；融入了传统戏剧美学又别具新意的话剧《狗儿爷涅槃》……虽说大导并无"台不惊人死不休"的执拗，却也不乏"不抢眼、不成活"的习惯性追求，或许，这是只属于林兆华的导演癖。

　　"不要叫观众给角色定案"——看林兆华的戏心态一定要放轻松。林兆华认为做戏的最高境界就是跟观众一起玩即兴游戏。他排戏时很希望能与观众互动，从不用鞭子赶着观众去接受一个戏的主题，更不希望让观众给角色定案。这种创作方法或许与他正宗的演员出身有关吧。林兆华 1961 年毕业于中央戏剧学院表演系，当年是以英俊小生的后备力量分到了人艺演员队。但是每当总结自己的表演生涯时，大导总是笑称自己演得最好的角色是一匹马。1978 年，林兆华以执导《丹心谱》开始步入导演行列，1982 年，《绝对信号》的成功，让传统话剧界对林兆华这个尚且陌生的名字刮目相看。当年看过《绝对信号》的一位观众至今还清楚记得那部话剧在那个年代带给自己的震动："看完戏我是神情恍惚地回到家的，一个念头一直在脑海里转悠：原来话剧还能这么排! 舞台上的好人也不全好，坏人也不全坏。"从此声名大震的林兆华不断以其"各色"的导演方法、独树一帜的艺术追求，一步一步成为话剧导演界的一流高手。

"我从来不写导演计划。"想要收集林兆华导演构思的人士肯定是早已失望过了。演员从未见他有过成文的导演计划，然而他那总是仰在导演席里、手夹烟卷的松弛姿势却分明告诉大家：戏已经全部装在脑子里了。林兆华对中国戏曲很是偏爱，从他的作品中不难看出他对戏曲的借鉴。中国戏曲的一大特点就是空、无。但这种"无"又包容了一切。戏曲舞台上的一切都是靠表演来表现的，舞台上什么都没有，而仅仅靠唱念做打就能把观众看得如醉如痴，这在舞台美学上是非常高乘的，也是大导喜欢戏曲的主要原因，它给了创作者极大的自由，对话剧导演是极有启发性的。从表演的角度说，林兆华不提倡纯体验，他喜欢感觉，认为演员的创作应该跟着感觉走。

林兆华很少给演员说戏，出身演员的经历告诉他戏不是讲出来的，而是悟出来的，演员不可能变为角色，戏剧不是单元的表演，而是多元的，需要演员心领神会。"我反对雕塑感很强的东西。"正因如此，演员跟他合作都很松弛，因为他总能想办法把排练变成一种即兴游戏。他曾应邀到汉堡的国家级剧院执导《野人》，为了使西方人尽快找到东方人的思维及行为感觉，他特意带了十几双老头鞋去，让演员天天穿上这种鞋走路，并每天教他们一个钟头的气功，启发他们在"禅"的意境下即兴创作。大导笑说自己脸皮很厚，做戏从没有负担，从不考虑失败如何，成功如何，想做就做了。他也从不理会强贴在自己身上的各种"先锋""叛逆"的标签，一如既往地热爱古今中外戏剧大师的经典戏剧，广泛涉猎戏剧理论家的书籍，然而他从不被这些左右，他有他的一定之规。他的戏有时很先锋，有时又很传统，就像他这个人一样，有时很天真，有时很老到，有时很复杂，有时很简单。但是他说到自己的时候总是很避讳用这些形容词。"我继承传统，立足于发展，传统不发展，如何守得住？风格流派的形成过程是有生命力的，摁着脑袋叫人继承行不通。我不愿意做一种风格的奴隶。如果把艺术凝固起来，那这种艺术就要进博物馆了。"说这番话的时候，大导的表情少有的严肃。

多年来，林兆华生活在舆论对于他的毁誉之中，人们无法判断媒体和观众的关注对他个人的创作风格有多大影响，但是林兆华坦然地用变幻莫测的作品我行我素着。"新鲜"是林兆华的出发点，他摒弃"苦作舟"式地营造艺术，他只是随时保持着对现世的关注和敏锐的感触，于不经意间慢慢积蓄。一旦这些积蓄诱发出灵感，他便迸发出奔突活力，一门心思把自己的所感所悟融入他的舞台，去还原生活，去揭示人性，去警策世人。他几乎时时都在复归和背离。但你尽可以猜想：林兆华的艺术到底是一种缺乏定力的信马由缰，还是一种大巧无度的随心所欲？你更可以定论：林兆华——拒绝定格。

任鸣 8 不鸣则已

拥有『舞台诗人』的雅号，很唯美，无论是人生还是戏剧观，他总向往着一种净界：干净的净。

人生中有很多偶然的事情凑巧会碰在一起，当你日后有了闲暇特意回顾的时候，那些偶然就仿佛添了必然的因果。

2001 年一个夏日雨天的午后，我和导演任鸣对面而坐，谈着他刚刚精心排演完成的新版话剧《日出》。而十年前，正是与此相仿的时间、地点，甚至连雨天的背景都一模一样，我也正在采写着任鸣的一篇人物专访。那次的话题是《回归》，那是任鸣作为人艺导演拿出手的第一部作品。

1

2

3.

4.

5.

<table>
</table>

1、话剧《知己》剧照。

2、话剧《油漆未干》剧照。

3、话剧《合同婚姻》剧照。

4、话剧《北街南院》剧照。

5、话剧《日出》剧照。

任鸣是个执著于理想的人，高中毕业后，因为没赶上中央戏剧学院导演系招生，他就硬是等了四年。终于在1982年以专业课考试全部优秀的成绩，走进了中央戏剧学院的校门。五年寒窗之后，又如愿成为北京人艺最年轻的导演。1991年，做了六部戏副导演的任鸣终于独立执导了苏联话剧《回归》，宋丹丹主演。从舞台呈现上来看，任鸣让观众领略到一个"品"字，从那时到现在，任鸣一直坚持他的导演理念：不玩花活，不取悦观众，把着眼点扎扎实实放在演员的表演上，集中力量刻画人物的深层心态。

从《回归》到《日出》，整整十年的跨度，任鸣由青年步入壮年，在生命中度过了从而立到不惑的转型。而在艺术上，他一贯追求的大家之气，儒雅之风，人文之美，也在新千年的舞台上得到了淋漓尽致的展现，新版《日出》一经亮相便掌声四起。

很早就听任导谈过重排《日出》的构思，当时只觉得他这种"现代版"的想法很吸引人。半年之后，当我身在剧场、起立为谢幕演员鼓掌的时候，整台演出给予我的满足感远远超出了原有期望，第一感觉就是：好看！导演巧妙地将二十世纪三十年代的背景幻化成现代都市，但人物对白和人物关系又保持了原著风貌，加之舞美的炫目华丽、音乐的唯美抒情、服饰道具的巧心安排，使得这部家喻户晓的经典名著愈发魅力逼人，具有了吸引当代观众的生命力。无怪曹禺先生的家属在看过演出之后也连连表示满意。应该说，这是一次导演战略上的成功——

在经典话剧中加入当代元素的构想立住了！

从人性的角度诠释人物，这是任鸣导演构思的尺度。"我实际上是表现人的生存状态，不管是陈白露、潘月亭、李石清，还是顾八奶奶、胡四、黄省三，他们都有他们存在的理由，而且他们现在都还活着，只不过改换了面貌，这也是曹禺剧作的深刻之处。"看得出来，任鸣这一次处于创作的兴奋状态，作为整台演出的缔造者，他将古典与现代的美感融合为一，一二四幕的绚丽浮华与三幕纯三十年代的黑白色调形成鲜明反差，时空的转变勾勒着世代相似的困惑和挣扎，这种刻意的跳跃不仅没有破坏演出的整体美感，反而加强了剧作本身的震撼力，不能不说这是导演的匠心独运。于是我们忍不住要仔细回味一下如此精致的结尾：陈白露爽快地吞下安眠药片，沉吟片刻，奋力将手中的玻璃杯砸向镜子，与此同时，现代感强烈的迪厅音乐骤然响起，转台缓缓启动，转过了2000年的现代时尚，转回了二十世纪三十年代的忧郁感伤，转远了方达生无奈怜爱的目光，转出了追光之下沉沉睡去的"夜来香"……在这个意味深长的转动中，我想起任导曾经说过的一句话：作品的深刻程度取决于它的批判性。

人到中年，是最需要自持自省的时刻。任鸣清楚地知道，"四十岁是一个关口，以前的十年和之后的十年肯定会是两个不同的创作阶段，可能《日出》就是这两个阶段的划分"。

以前的十年，任鸣已然满载而归——《阮玲玉》《北京大爷》

《等待戈多》《官兵拿贼》《古玩》《情痴》……一台台大戏的背后跟随着一串串的荣誉：文化部的"文华奖"、中宣部的"五个一工程奖"、北京市的"新剧目奖"等等被任鸣一一摘得，而他本人也先后获得了北京市有突出贡献的"优秀青年知识分子"称号和"北京十大杰出青年"称号，同时担任着北京人艺院长、北京剧协导演委员会主任、中央戏剧学院客座教授等一系列要职。

官职在身却磨灭不了任鸣与生俱来的书生气，戏剧是他今生的挚爱。一有闲暇便是一册好书在手，或是与三两知己来一回"古今纵横谈"，笑谈之中也许下部大戏的创意就有了眉目。此时的任鸣口才极佳，眉飞色舞率先入戏，将周遭人等煽乎得热血沸腾然后独闷两口啤酒沉静下来，仔细权衡"头脑一热"之后的可行性……

任鸣的性格单纯率性，也很坚毅果敢。和朋友玩扑克牌"敲三家"，曾经一把抓了四个二，手舞足蹈兴奋之余大喊"谁敢惹我？！"结果暴露目标被对家儿擒住；因为青少年时代练习过乒乓球，所以尽管是"豆芽"身材也声称自己和体育界饶有瓜葛……

在排练场看任鸣导戏感受最深的一点是他的用心之专，几乎每一句台词都在他脑子里用各种调度试过多遍，他不属于才气横溢的"怪才"，但是他靠智慧和勤奋同样将自己武装得魅力十足。每次作品公演的时候，随着首都剧场开幕钟的敲响，场灯渐暗，但是某个角落里的一双眼睛会明亮起来。任鸣专注地审视着舞台上的一切，神态俨然一位正在复盘的围棋高手，冷静地反省着哪一步是妙招儿，哪一步是败笔，个中的遗憾又急急地催促他开始下一次更富创造力的构想……

任鸣的思维是跳跃性的，据说写东西的时候脑子里也是先蹦出若干单词，然后再用逻辑去连缀。年轻时也曾追求过"语不惊人死不休"的风格，并且有不少"语录"得以广泛流传。随着年近不惑，渐渐练就了"平淡求真"的境界，然而言谈中真知灼见依然时时"光临"，只是多了一份平和与沉静。

曾有久未谋面的朋友在看过新版《日出》之后致电任鸣，说你现在够"酷"的呀，舞台上又是总统套房的布景，又是"后街男孩"的流行歌……其实任鸣本人绝非时尚中人，一米九的身高常常罩着一身"短打"在人艺的各间办公室晃进晃出，没有驾照不通外文，只是在儿子的"教导"下，才开始对电脑产生了若干兴趣。但任鸣绝对是性情中人，常对妻儿抱有一份歉疚。之前因为全身心投入《日出》的排演，为了回家减少干扰，他硬是狠着心把放暑假的儿子送到了大连的姥姥家；连排最紧张的那几天，正赶上妻子需要动一次大手术，他只有在排练的午休时间去医院"补"上了家属陪护，他明白头一次上手术台的妻子眼神里的内涵，但是他做不到……任鸣排起戏来的用心和专情在人艺是出了名的，1991 年排演《海鸥》的时候，任鸣曾晕倒在去排练的路上。他是愿意把命都抵给舞台的人。

2003 年 12 月 23 日，人艺小剧场话剧《男人的自白》公演。这也是导演任鸣本年度执导的第五部话剧作品。当年，人艺上演的剧目之多超过了历史最高水平，大小剧场总共上演剧目达七台之多，而其中由任鸣担任导演的剧目占了四台，分别在人艺的三个剧场轮番上阵，依次是实验剧场的《我爱桃花》、大剧场的《北街南院》、复演的《足球俱乐部》和小剧场的《男人的自白》，此外任鸣还为空政话剧团导演了《爱尔兰咖啡》。前所未有的忙碌也造就了任鸣前所未有的骄傲与自豪，毕竟，人艺的舞台是无数戏剧人的梦寐之地。

从年初唯美精致的《我爱桃花》开始，任鸣就执著于现代人的情感探究，那一句"抽出的刀，就再也插不回去了"令多少观者唏嘘感叹。一部《我爱桃花》，穷尽了痴男怨女的种种情怀。仿佛是首尾呼应。年末的小剧场话剧《男人的自白》又让任鸣彻底剖白了一番中年男人，任鸣把剧场当作教堂，演员在舞台上的自白就是编导的自白，也是观众的自白，亮出真相、讲出真话、流露真情是任鸣此番的导演构思。

2003 年 4 月的北京遭受了"非典"的突然袭击，而北京人艺的一部大剧场话剧《北街南院》却应运而生，肩负着使命感和责任感，任鸣又一次"晕"了进去。事实上，排戏对于任鸣来说是一种需要，更是一种历练。每部戏都是如此，排练场就是他的战场。任鸣说自己多数时候是矛盾的，他在排练场的每次"战斗"都是对自我的一次挑战和超越。用戏剧记录北京普通老百姓的故事，表达他们的喜怒哀乐，是任鸣给自己下达的终生任务。

任鸣热爱北京的大马路、小胡同，鼓楼斜街四合院，他深爱北京人的品格和精气神儿。这一次的《北街南院》，任鸣把自己的情感全部倾注在舞台上，加之演员、舞美的通力合作，使得全剧充满了现实主义戏剧的魅力——舞台语言优美而抒情。空竹、风筝、中国结在适当的时候以适当的方式出现，令观者随着剧情产生联想与共鸣，这是好戏剧带给人的最大享受，也正因此，有媒体朋友送了他"舞台诗人"的雅号。

2004年，任鸣执导大剧场话剧《全家福》，这又是一出标准的北京人艺味道的现实主义话剧，是北京人艺为建国55周年献礼的剧目。

排演民族的、京味儿的、现实主义的戏剧，是任鸣一生的追求和责任。"我不会被潮流左右，我会按照我认定的路走下去。"

岳
秀
清

8

边走边唱

与这样一个彩色丽人对面
而坐，即便是隆冬，竟也
有春风扑面的快感。

　　人艺的好多女演员都有这么一个特点，台下比台上漂亮得多，镜头外比镜头内时尚得多：宋丹丹是一个，岳秀清也是。

　　生活中，岳秀清的长相十分洋气，由于皮肤白皙，身材一级瘦，于是得以引领时尚衣装的潮流，而且她还偏爱色彩鲜艳的服装，想必与她心直口快的爽利个性有很大关联。

　　2004年春节长假之后，当时正在人艺排练《合同婚姻》的岳秀清坐到了我的对面，一袭彩条短款毛衣配合黑色皮质长裤，

1／话剧《天下第一楼》中岳秀清饰玉雏、杨立新饰卢孟实。

2／话剧《茶馆》中岳秀清饰小丁宝、何冰饰刘麻子、吴刚饰唐铁嘴。

帅气、亮丽。时过立春，加之对面一个彩色丽人的烘托，坐在室内，竟有春风扑面的快意。

自从演过沈好放导演的《小墩子》，岳秀清在很多观众和导演的记忆里就成了"胡同妞"的代言人。也难怪，彻彻底底沉浸在"小墩子"的人生里滚了几个滚，充分经历了"角色附体"的快乐之后，演员岳秀清让很多人知道了她的名字。加上后来热闹一时的《贫嘴张大民的幸福生活》，她又演活了大民的弟媳毛沙沙，岳秀清的"胡同妞"形象就更加深入人心了。与常人沾沾自喜的情况不同，渐渐走红的岳秀清开始有了防备，对同类角色不再贸然接受。

其实如果偷懒的话，演员就按着大家习惯的路子接戏，完全可以轻轻松松游刃有余，不过岳秀清偏不。

曾经有一次，已经成为北京人艺演员队中一分子的岳秀清碰到了当时人艺的副院长于是之先生。于先生关怀询问小岳的演艺心得，岳秀清脱口一句"越演越难"的回答让于先生很是欣慰，于是之先生从这句话里看到了岳秀清的无量星途。

近年来，岳秀清在反差巨大的角色中跳来跳去，充分展现着自身塑造人物的功力：《我这一辈子》中泼辣的赵二媳妇，《瑞雪飘飘》中带着孩子考大学的自立女性，《与爱同眠》中参与诈保的女演员……岳秀清渐渐从"胡同妞"的框框里跳脱出来，开始为观众展示一个个内心复杂、介乎好与坏之间、充满着人性缺陷同时又是血肉丰满的女人形象……在所有这些胡同妞之外的

"另类"人物中，岳秀清自己偏爱在丁荫楠导演的《商旗》中扮演的大少奶奶。这个角色台词很少，角色境遇令人同情，与《雷雨》中的繁漪有几分相似，很多情绪的微妙变化需要靠神经质的眼神表现，这对岳秀清来说是一种新鲜的刺激。而她在表演过程中迸发出的激情和爆发力也令丁导演大出意外，并大加赞赏。

随着演艺经验的积累，岳秀清逐渐悟出了演戏的"窍门"：生活中细心观察，镜头前就常有灵感光临。岳秀清曾和巩俐在电影《漂亮妈妈》中有过大段对手戏，小岳扮演一位街边卖报的小商贩。应该说她在这部戏中的表演可圈可点，完全超脱了人们对她惯常的印象。为了快速捕捉到人物感觉，岳秀清留意观察身边的每个生活原型，终于，一个在地铁通道摆摊的中年妇女闯入她的视野，并牢牢吸引了她的注意。细心的岳秀清发现，这个妇女终日穿着一件很不合体的肥大衣服，再仔细观察，原来肥大的衣服可以把她所有日常所需的东西统统塞进去，喝水的保温杯、钱包、票据、证件一应俱全。岳秀清抓住了这个细节，特意找来丈夫吴刚的一件大衣当戏服，又特意设计了一个抽烟的细节，借助这些外在特征的帮助，岳秀清一下就找到了这个人物的感觉，怎么演怎么是，后来，她还因此获得了金鸡奖的提名。

岳秀清的文艺天赋从少年时代就已经崭露头角了，喜欢朗诵的特长一直让岳秀清对演艺行业情有独钟。尽管父亲的愿望是让女儿当医生，可是，看着女大十八变的小女儿逐渐出落成了标致美人，父亲也就不再坚持己见，顺从了岳秀清自己的择业意向。于是，18 岁就在电视剧《莆叶溪磨房》中出镜的岳秀清，没费什么周折就顺利考入了北京人民艺术剧院演员训练班，开始了自己的演员生涯。直到现在，岳秀清一直很感谢父亲当初的理解。进入人艺，小岳抓住与老演员同台演出的机会，勤奋"偷艺"。聪明人都知道，这种机会最是难得，也正是有了这一时期的积累，岳秀清后来的一连串亮相才夺人耳目：《骆驼祥子》中的小福子，《茶馆》中的小丁宝，《阮玲玉》里的张梦露，《天下第一楼》里的玉雏，《北街南院》中的洪燕……岳秀清在首都剧场的舞台上伶俐地跳跃在诸多性格鲜明的形象之间，用感性和聪慧将角色点染成画，而跃然在观众面前的，依然是岳秀清给人的明丽印象：彩色。

在人艺演员中夫妻搭档不多，而岳秀清和吴刚就是让人羡慕的一对，事业有成，家庭和睦，膝下一个伶俐小儿。刚刚分到人艺在角门的新房时，两人还分工合作，把小家收拾得挺有情调，家务活也都是两人分摊。一起逛书市，小岳就买本《凉菜拼盘》，吴刚买本《家常热炒》，回家各研究各的，做饭的时候各攻各的关，吃的问题就解决了。也许，这份默契是两人同在北京人艺演员培训班当男女班头的时候就已经建立起来了。

岳秀清的长相比较现代，性格也有股爽快利落的脆生劲儿。吴刚比岳秀清年长几岁，打小就在银河少年艺术团摔摔打打，高中毕业以后同时被广播电台和北京人艺看中，在播音员与演员两种职业的诱惑中，吴刚选择了后者。他第一次被观众记住是在春节晚会上那个著名的《换大米》的小品里扮演一位可怜兮兮的美声唱法演员。之后被电影《开天辟地》的导演选中，饰演青年时代的毛泽东，但因剧院有出国演出任务，时间排不开忍痛割爱，至今说起来，吴刚还是一脸遗憾。后来在电影《毛泽东的青年时代》中，吴刚终于如愿以偿。吴刚在话剧舞台上走的是小生戏路，曾在《北京人》中饰大少爷曾文清，《雷雨》中饰大少爷周萍，《天下第一楼》中饰孟四爷，《非常麻将》中饰老大，《日出》中饰李石清。

印象里，岳秀清与吴刚只在《阮玲玉》和《北街南院》里同台了一把。而岳秀清还透露了一个非常有趣的巧合，就是她在影视剧里的"丈夫"多是富态型，也许是导演有意要给岳秀清找点儿"新鲜感"——因为生活中的丈夫吴刚永远那么"苗条"。细算起来，当过最多次"岳夫"的要数刘金山，他俩曾在《跟着阳光跳舞》《如此大师》《要想甜加点盐》等多部影视剧中扮演夫妻，以至于生活中每逢接到刘金山的电话，那一端的第一句问候总是："银幕伉俪，你在哪儿呢？"

岳秀清说当演员不能太理智，必须具备敏感的触角。演员扮演角色不应该在乎大小，而一定要在乎色彩。听着这些肺腑之言，我觉得岳秀清未可限量。

龚丽君

陈小艺

8

舞台姊妹花

既是中央戏剧学院表演系的同学，也是北京人艺演员队的同事。同学的时候睡过上下铺，同事的时候在同一个舞台上扮演过姊妹，这份手足情一直延续至今……

　　龚丽君和陈小艺是中央戏剧学院表演系 87 班的同学，也是北京人艺演员队的同事。生活中两人是不分彼此的朋友，艺术上两人是志趣相投的知音。

　　小艺比龚丽君小两岁，于是作同学时就占了便宜，总是"倚小欺人"，让龚丽君义务准备饭食或者收拾内务，从来就没客气过。龚丽君也稳得住，在妹妹们面前俨然大姐大。

　　在小艺眼里，龚丽君是非常有自己特点的好演员，大青衣，在台上戳得住，而小艺则是以清纯形象出道，这倒也符合俩人姐妹的身份。毕业大戏中，龚丽君和陈小艺还有江珊真的成了中戏舞台上的姊妹花——在《打野鸭》中同台亮相，惊艳全场。

分到人艺以后，小艺和龚丽君在话剧《海鸥》和《李白》中同台演出，后来就各忙各的，少有同台的机会，两人的戏路也明显有了各自的特点，随着时光的推移，两人也都有了属于自己的代表作。我也只能花分两朵，各表一枝。

龚丽君　舞台深处，一袭黑衣的繁漪朝台中走了过来——阴郁而热烈，美丽却寂寞，冰样的外表，火样的内心，她像一只扑火的飞蛾，鼓动着双翅，朝着唯一的光亮奋身而去，哪怕碎骨也义无反顾。这就是著名的《雷雨》缔造出的著名的繁漪，她在花样的年龄就被送进了周公馆这座令人窒息的牢笼，没有爱情，没有生机，唯一的希望就是盼着自己尽快凋谢，结束这次事与愿违的生命旅程。偏偏一个男人出现了，残忍地把她唤醒，鼓动她燃烧起生命的烈焰，之后抽身而去，眼睁睁看着她一天天枯死、渴死。单单叙述这样一种境遇就感受到了压抑的窒息，更何况龚丽君已经设身处地在舞台上体验了二十七年的挣扎，单凭这一点，我就对龚丽君产生了一种敬意。

2002年，人艺的《雷雨》剧组赴昆明、重庆等地巡回演出，当地的媒体对龚丽君在剧中的表现给出了一个评价："天字一号繁漪"。这是不是对于龚丽君十四年的沉浸与坚持给予的最为恰切的肯定呢? 龚丽君笑而不答, 依旧将激情归于舞台, 将平静留给生活。

1989 年, 还在中央戏剧学院表演系念大二的时候, 龚丽君就被北京人艺的导演夏淳、顾威相中, 抽调加入了人艺的《雷雨》剧组,是"繁漪"揭开了她演艺生涯的第一幕。当时的龚丽君 24 岁,只不过连她自己也没想到, 这一幕的跨度竟然这么长。

有了繁漪的亮相, 几乎是顺理成章, 龚丽君和同班的徐帆、陈小艺、江珊四名女生毕业后如愿分到了人艺, 成为同学们羡慕的焦点, 可以说在事业的起步上, 龚丽君占得了先机。此后她也相继在人艺的《田野……田野……》《海鸥》《舞台上的真故事》《李白》等剧中扮演重要角色, 一直顺风顺水的龚丽君在艺途中边走边唱, 好不惬意。

也许是上天想为龚丽君一马平川的人生旅途增添些许坎坷和压力, 1993 年, 一次车祸从天而降, 将龚丽君重重地击倒。也许又是上天意识到了自己的失误, 让龚丽君完好无损地从这次厄运中重新站了起来。多年后再次提及这段记忆, 龚丽君已经平静了很多, 但是额头上不被人察觉的伤口却时刻提醒着那段不堪回首的日子。

再次回到人艺的舞台已经是三年之后, 此时的龚丽君已接近而立之年, 同班的同学一个接一个大红大紫。每天晚上对着电视荧屏上一个个熟悉的面孔, 龚丽君真正意识到自己被命运剥夺的不仅是三年的时间, 更是一个女演员最宝贵的艺术生命。

苦闷和失落是必然的，可贵的是龚丽君很理智地接受了现实，又很智慧地把握着现在。1996年重返舞台，龚丽君和梁冠华搭档，出演了美国名剧《篱笆》，观众反响不俗，龚丽君再次从她熟悉的舞台上找回了自信，之后她又在《头条居委会》《古玩》《茶馆》《风月无边》《赵氏孤儿》等剧中接连出任重要角色。

也许是龚丽君身上有着与生俱来的一种端庄和古典，她扮演的角色多是距今年代久远的人物。她附体在那些远去的人物身上，依托着舞台的光影，从容地绽放着自信的光芒。她的一颦一笑，一蹙眉一回眸都散发着醉人的成熟女人魅力，加之清越沉稳的嗓音，观之赏之，心旷神怡。

在人艺，龚丽君的口碑很好，2003年，本来龚丽君已经策划好利用假期去欧洲转一圈，签证都已办好，不想剧院新建组的"非典"题材话剧《北街南院》有她的角色，龚丽君二话没说，准点来到了剧组报到。此番她的任务是塑造一位可敬的"白衣天使"，同时也是一位历经磨难、充满着母性美感的中国式的贤妻良母。龚丽君凭借着深厚的表演功底，迅速进入戏剧情境，每场表演都激情不减，成为《北街南院》中成功的"催泪瓦斯"，很多看过多遍话剧的观众依然克制不住要被龚丽君扮演的杨秀娟感动得热泪盈眶。这一次的龚丽君完全甩掉了繁漪的影子，自信地在舞台上塑造出又一个立得住、叫得响的角色形象。

在舞台演出的间歇，龚丽君也主演了一些电视剧，如《小井胡同》《走向喜玛拉雅》《人生有情》等。然而在我眼里，龚丽君最有魅惑力的时刻，还是在舞台上身着一袭黑衣、隐忍地向周萍哀诉的时刻，也是她痛快地将一碗苦药一饮而尽，哽咽着从周萍面前跑开的时刻。那一刻的龚丽君已然"化"成了繁漪。

生活中的龚丽君是那种让人感觉特别舒服的人，在她身上找不出急功近利的任何痕迹，永远自然地言语，自然地行动，从不张扬，从不刻意，深深亮亮的眸子闪烁着知性女子的聪慧。她很会享受家庭生活，膝下有个活泼的小女儿，平日闲暇看书上网学英语，过着温馨甜蜜的小日子。

依然是人艺的三楼排练厅，几十年前，龚丽君就在这里将大唐王朝大文豪的夫人宗琰的形象收进了自己的角色长廊。时序转过了几个轮回，已经拥有了丰厚的人生感悟，舞台上的龚丽君显得更加自信、成熟。

陈小艺　　跟她特别熟或者特别不熟的人都这么称呼陈小艺——小艺老师，仿佛在这一"小"一"老"之间，很符合声韵学的抑扬，也包涵着北京话特有的戏谑成分。面对这样的称呼，对于特别熟的人，小艺会毫不客气地回敬一句：你骂谁呢？！而对于特别不熟的人，小艺会笑着连声说：别别，你这么叫，我都不敢说话了……

常言道，乡音难改，本性难移，尽管川妹子陈小艺已经在北京生活了很多年，可是甜甜的嗓音和辣辣的性格都依然如同鲜榨纯酿，原汁原味，历久弥新。

1 / 话剧《哈姆雷特》中龚丽君饰乔特鲁德。

2 / 话剧《家》中龚丽君饰瑞珏。

3 / 话剧《生·活》中陈小艺饰小菊。

4 / 话剧《莲花》中陈小艺饰莲花。

1 /

2 /

3

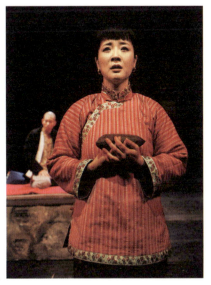

4

1991 年，陈小艺从中央戏剧学院 87 级表演班毕业分配到北京人艺，之后就开始在《海鸥》《虎符》《舞台上的真故事》《李白》等大戏中挑梁主演。与此同时，她主演的电视剧《外来妹》也在全国各地热播一时，细细一想，陈小艺似乎是 87 级表演班最早叫响的一个名字。

"抓一把泥土在手上，塑成你往日模样，一次一次回头望，你不在老地方……"这是电视剧《外来妹》的主题歌词。每当这个旋律响起，屏幕上就会出现陈小艺的那双清眸，略带几分迷惘，几许希冀，一直看过来，看进你的心里，洋溢周身的青春魅力令人无法拒绝。她那总是带些"奶气"的笑靥，被印在各种报刊的封面和头版，刚出校门的陈小艺体会到了一夜成名的滋味。

1995 年，主演了北京人艺话剧《蝴蝶梦》之后，连陈小艺自己也没有想到，再一次回到人艺的舞台竟是在七年之后。

七年间，小艺完成了人生中的两件大事，成家，做母亲。看得出，外形没有任何变化的小艺生活得很充实，很随性，快人快语的川妹子性格中多了一份母性的温存。当然，其间涉猎的影视剧也未曾断档，塑造的人物也是跳跃很大：《离婚》中的少奶奶，《老房子》里的贤妻良母，《紧急追捕》里警察的妻子，《离婚女子驿站》中的农村姑娘，《世上只有妈妈好》中的女警官……陈小艺在荧屏上不断变换身份，有意尝试各种具有挑战性的角色。不断的艺术实践磨练出愈发老到的表演技巧，她的成熟有目共睹。

陈小艺没有停留在老地方等待，这个四川的"外来妹"一步一个印记，脚踏实地跋涉着艺途中的千山万水，经历了一路上的雨过天晴，终于在 2002 年走回了"家"。在人艺五十周年院庆献礼剧目《狗儿爷涅槃》中，陈小艺当上了"狗儿奶奶"，在剧中扮演冯金花。

其实，回到人艺演话剧一直是小艺的心愿，更何况是为了庆祝人艺的生日，自然更是义不容辞。这次小艺和梁冠华搭档，而他们的前任分别是著名表演艺术家王领和林连昆。以全新阵容演绎剧院的保留剧目，这对于年轻一辈来说是个不小的考验。小艺知道担子不轻，她先是把老版的演出录像仔细琢磨了一番，然后开始在每天的排练中摸索起来。

"狗儿奶奶"在剧中的年龄跨度很大，从年少的寡妇到成熟的妇人，再到年长的婆婆。这对于刚当母亲不久的小艺来说，也应属于"破格晋升"了。好在"大导"林兆华善于营造貌似宽松的排练氛围，陈小艺于是也"大胆放肆"地开始了再创作。目前"陈氏狗儿奶奶"的特质大致有三：偏辣的个性，偏甜的形象，偏涩的苦命。因为她的甜，所以她的命就显得更苦，而观者的心就会变得更酸。小艺很聪明，知道扬长避短，知道如何用巧劲儿。

排练厅里，小艺也是一副川妹子的做派，嘴边总爱备着几样辣辣的小零食，不外乎牛肉干儿、豆腐干儿之类，脚上也迫不及待换上系片的圆口步鞋，一条代用的服装裤子花花的晃人眼睛。跟导演林兆华更是因为熟识而"没大没小"，顶几句嘴开几句玩笑全当解闷儿，当然了，把导演惹急了小艺也会赔上笑脸替导演捏捏肩膀拍马屁，不过背过身去总要做个恨恨的表情发泄发泄。

陈小艺是讲究万事随缘的人，用她自己的话说，就是不大爱"争取"，不积极，总是守株待兔等着该来的人和该来的事。她承认这种处世方式不大适合演员这一职业，但小艺不愿刻意改变自己，因为她希望随性地生活，不想把自己弄得太累。她说演戏只是她的职业，并不是生活的全部。她给自己留出足够的空间和时间，相夫教子，郊游娱乐，享受生活。前一阵，电视台播放她和儿子做的一个广告，那个憨中带着调皮的小家伙叫人羡煞做了母亲的小艺，正是：有福之人不用愁。

这几年小艺可没闲着，一部接一部地上戏：《军歌嘹亮》《苦菜花》《大姐》《母亲》《沃土》……

前不久在银幕上看见了小艺和范伟合作的《看车人的七月》，小艺扮演一个经历坎坷的普通女工，她那泼得出、收得回的表演让一直关注她的人们欣喜地看到了她的成长。她也因为在此片中有着上佳表现，荣获金鸡奖最佳女配角的提名。

在拍摄的电视剧中，小艺最看好自己在《母亲》中的表演，她也特别提到自己非常喜欢这个剧本，虽然也是表现一位母亲含辛茹苦的一生，但是细节非常真实感人，摄影、美术也很讲究"质感"，年代感做得十分到位。大家一致认为多少年难遇一部这样的戏，因而都很珍惜。小艺也投入了全部激情塑造人物，体验了从30岁到60岁的年龄跨度，将一个三次守寡、独自拉扯大四个儿女的普通女人有情有义地展现在荧屏上。全剧拍摄了三个多月，小艺共有500场戏，始终处在各种情感的旋涡中心，场场都不轻松，小艺更是"情到深处，不能自已"，哭了个尽情尽兴，最后就连导演都心疼地说："你这么个哭法儿哪行啊？！"生怕她盯不下来。片子送审的时候，中央电视台很快拍板：黄金时段播出！听到这个消息，小艺更按捺不住想要一睹为快的急切，因为那是她的心血结晶。

　　长大了的小艺渐渐懂得了生活的真谛。当她又把这种人生的体验融入艺术形象的时候，我们当然就有充足的理由屏息静气，等待一次又一次感官和头脑的愉悦享受。

　　长大了的小艺早就不在老地方了。真心希望她能越走越远，越走越好。

葛优 也许只是也许

聪明得不露声色，狡猾得善解人意。谁都可以拿他当知音，即便拿他开涮他也不跟你急，可回手他就憨笑着把你给装进去。

虽然时常出入"好来西"的那间办公室，但是很少有碰见"葛总"的时候。所以在很长一段时间里只是从梁天、谢园的口中听说着他的种种，加上他自己的不断努力和舆论界的不遗余力，我的头脑里大概从很久之前就单方面结识了葛优，都是他辉煌耀眼的业绩以及赫赫卓著的声名。那时候只是希望借助什么机会，使我头脑中支离平面的印象生动立体起来，直到那一回一起坐到一张饭桌面前……

　　"好来西影视策划公司"在京城的办公地点门脸不大，即便是后来迁到了大运村，依然也只占据了几十平米的面积，可是它的三位"老总"来头都不小。艺术总监谢园埋头于北京电影学院表演系苦种桃李、正人子弟，口若悬河之余基本上还保持着师道尊严；总经理梁天凭借一双眯眯细眼在圈内外人缘儿混得十分了得，整天事无巨细，极尽保驾护航之责，虽左右逢源也难免雪上遇霜，于是积年累月鞍马劳顿几近一位老人；艺术总裁葛优本乃中华全国总工会义工团话剧团演员，坎坷的从艺经历成就了他厚积薄发、老成持重的做派，大智若愚几近一位痴人——也正是这种性格上的反差促成了三位影视能人的长期合作。三位"老总"曾在公司出品的第一部电影《天生胆小》中联手主演，鼓捣出了不小的动静，这奖那奖的拿了一堆，葛优在戏里还戴上了假发套，扮演好人里的头儿，可乍一看，总有些不怀好意的狡黠。

　　其实，葛优是个绝对善良的好人，秉性敦厚，善解人意。那次与他酒席宴间相遇，葛优就是专门来为公司下部戏的投资做"三陪"的。没的说，只要哥们儿招呼，葛大爷随叫随到。席间敬酒、布菜、上烟、聊天，葛爷做得滴水不漏，既热情又含蓄，不卑不亢，不温不火，诚恳得叫人受宠若惊。同座的谢园酒酣之际又提起了《活着》以及戛那影帝的那回事儿，"葛总"连忙呵呵憨笑，一把摘掉头上那顶又鸭舌又蓓蕾的帽子，亮着脑门说："别提了，大老远去一趟，就发了我一张纸就打发了，下回不去了，不去了。"然后又在大家的哄笑中张罗了一圈酒水。

梁天瞧准时机开了腔："我们仨人里资历最老的是谢园，当年我还在工厂当工会干部的时候，谢老师的《孩子王》就获奖了。"葛优连忙补上："对，对，当时我还在干着各种各样的力气活……"话音未落，席间响起一片觥筹之声和"谢老师谢老师"的呼唤，梁天和葛优相视而笑，也朝谢园举起了杯子，谢总被突如其来的酒水和话茬"砸"晕了头，脸红到了脖子。我猜，这手"过人"和"短平快"的战术配合，"三总"之间已经在各种场合操练过多次，"攻守同盟"和"化敌为友"的转换早已驾轻就熟，局外人只有招架的份儿。后来听说，那天的战果十分卓著：第二天签了字的合同就摆在了"好来西"的桌面。

葛优靠的是《顽主》里的杨重发的家，以至于后来他就成了王朔或者类王朔作品中那一类人的形象代表。时刻准备为人指点迷津，却浑然不知自己已经误入歧途。人们在《编辑部的故事》《大撒把》《甲方乙方》《不见不散》《没完没了》《大腕》《手机》里已经领教过葛优的智慧，已经习惯了从他的一副坏笑里感受他的善良。

1993 年拍《我爱我家》的《不速之客》一集，英达将剧中的"倒卧"锁定了葛优。当时葛优正在别的剧组上戏，时间紧迫本来脱不出身，不过看过送到手头的剧本，葛优乐了：这倒卧归我了！结果是，拍摄过程成了笑场集锦，葛优那身乞丐装扮加上要吃要喝不拿自己当外人的冷幽默，一下子掐准了观众的笑

1 /
『好来西』三总与李富荣合影。

2 /
电影《天生胆小》中葛优饰管所长、
梁天饰吴小辉。

3 /
《我爱我家》拍摄现场葛优化妆照。

4 /
《我爱我爱》中著名的『葛优瘫』。

3

4

筋，就连同台的演员都笑翻了 N 次，直到英达下了死命令，再笑场就扣酬金，葛优这才勉强过了关。

葛优在私下里不属于能言善辩的那一类，人家问他从事表演这一行这么久又这么出色，其中有什么道道儿，他的回答总是离风格呀、技巧啦这类专业术语远远的，说自己每次进组就是想赶快把人都混熟了，在现场好放得开，他说自己是一个容易紧张的人。如果你再逼问，他也会抖落点儿真知灼见出来："我觉得排戏不外乎两点，一是注意火候，二是跟别人不一般。就好比渴了不喝水，得想办法用别的解渴才算本事。"看见了吧，葛大爷的亮脑门里全是干货。凭着这点儿"不一般"，葛优给了观众好多次惊奇：《代号美洲豹》里心黑手狠的劫机犯，《过年》里好色贪财的大姐夫，《围城》中内心阴暗的李梅亭……人们终于明白，没有了插科打诨的台词，葛优照样令人过目不忘。

像时下很多明星一样，葛优也曾有过从商的经历，不过他没有选择喧闹的饮食业，而是开了家幽静的茶园，三两好友，静心品茗，谈天说地，无束无拘，是不可多得的休闲去处。不过去的人多了，就有聪明的动了心眼，隔三差五就吆喝上一队人马奔了茶园，搬桌子挪椅子架机器支灯架操练起来，把葛爷的茶园看作首选的拍摄景地。葛优呢，一副"来的都是客，招待十六方"的架势，热情相助，全力配合。嗨，都是影视圈里混的哥们儿，有什么不好说的。

很不凑巧，再一次和葛优相遇还是很俗套，依然离不开酒席宴的场景。那一日，梁天殚精竭虑又策划好一桌饭局，之后狂呼葛优，说有重要应酬。葛优当时正在北影的拍摄景地演绎老舍先生著名小说《离婚》中的"老李"——一个谨小慎微又不安现状的职员形象。听见哥们儿招呼，葛爷戏服都没来得及脱，趁着剧组吃饭的空档，打着"的"赶了过来。一进门大家伙就乐开了，葛爷顶着瓜皮帽，穿着一身地主老财样式的夹袍，周身洋溢出一种不协调的美。还是梁天眼毒，瞧着葛优说：怎么今天腰板挺得这么直，什么事儿让你这么扬眉吐气的？葛优这才咧嘴说今儿拍戏抱"儿子"，没承想而今的少年儿童营养这么充足，还没举起来就把腰闪了。大伙一致说快歇歇，饭桌上正好有位大夫，自告奋勇说给拿捏拿捏，葛优直摆手说：不至于，陪完酒我得马上赶回去晚上还好几场戏呢！"葛总"匆匆忙忙又消失了，不过在座的都深深记下了他的为人。

人说志趣相投才能同舟共济，对于"三总"来说，"志"在影视，"趣"则在球。正所谓文体不分家，三人同为明星足球队效力，而葛优还兼任"梦舟"篮球队的一员，但是很少见他上场。有一回公布篮球队队员名字的时候，差点儿漏掉葛大爷，葛爷插着腰站了起来，带着一脸李冬宝式的灿烂微笑，慢悠悠地说了句"还有我呢！"全场掌声雷动。至于说到来往走动，那范围就更大了，像前国家足球队的范志毅、高峰，前羽毛球教头李永波、田秉义等等，就更是"好来西"的座上宾了。

运动完了就要休闲，唱歌是"三总"的共同爱好。唱卡拉

ok，谢园偏爱软摇滚，能把黑豹乐队的那首 *Don't Break My Heart* 唱得如火如荼。梁天偏重感情色彩浓重的歌曲，一度迷上了周慧的那首《约定》。葛优角度比较刁，有属于自己的"专利曲"，曾经有一阵鼓捣出一首"活着说难也不难，说容易也不容易"的单曲上了音乐台的排行榜，大街小巷都响彻着葛爷居然很浑厚圆润的嗓音。

关于葛优，我还是仅仅停留在"印象"这个层面，我坚信在他的本色世界里有着更为精彩的页码没有人翻阅，或许有那么一天，当他作为"葛导"出现在摄像机后面的时候，他的智慧会有令人震惊的呈现，但也许，就如现在这样神秘，那更好。

谢 园 8 半梦半醒之间

老谢喜欢语出惊人，喜欢针砭时弊，就在激昂文字指点江山的时候，平日里顽童般的老谢露出了哲学的马脚。老谢实际上是个很难办的老谢。

在一个壮丽的背景下讲述谢园，那将是一幅精彩的构图。此生他以演员为职业，站在名利场最敏感的地带，饱受各种约束，但他生命的原始目的本是为着纵情尽兴而来的。"容忍平淡"将是他拼尽此生终身修炼的一课。

"独自等待，默默承受，喜悦总是出现在我梦中……"尽兴的谢园常在歌厅将"黑豹乐队"的这首 *Don't Break My Heart* 作为主打曲目，唱得如火如荼；有一阵他又爱上了屠洪刚的《霸王别姬》，朗朗阳刚的曲调和间奏时自编的"旁白"很是让他兴奋；后来他又发烧 F4 的《流星雨》……

听老谢唱歌是要给自己做些安全考虑的，一种是空间的，最佳聆听距离是两米开外，否则会有被"殃及"的危险（被踩或被胡噜）；另一种是肢体的，你会迅速被他如痴如醉的"演唱风格"调动起情绪，或激昂或亢奋，或张牙或舞爪，最终演变成拥趸或同伙，和他一起痴狂。此类提醒也适用于和他一起看球的时候。总之，不甘寂寞的老谢酷爱一切具有震撼力的情感表达方式：摇滚音乐、战争影片、足球、京剧。

老谢的幽默是久负盛名的，老谢的段子是脍炙人口的。过人的记忆力与模仿力使他在电影学院上学时就出了名，如今这两样杀手锏依然屡试不爽。他曾在某公开场合邂逅著名表演艺术家白穆，老谢顺口的一句："不是我们无能，而是共军太狡猾！"逗乐了在场的所有人。这是电影《南征北战》中的著名台词，老谢神情兼备的模仿当时就让白穆老师连挑拇指赞道："人才、人才！"

2002 年，他在"电影学院七八班二十年聚首"盛宴上的主持风格也充分体现了"段子王"的风范，以至于有电视台专程找上门来请他出山主持节目。

听老谢叙述一件事情是惬意的，声情并茂不说，外带音响效果，各种象声词不断穿插交织在故事情节之中，颇为引人入胜。而且在不同场合听他讲同一件事，都会发现不同程度的改编，

1／

2／

1／ 电影《天生胆小》中谢园饰马强、
梁天饰吴小辉。

2／ 谢园工作照。

老谢充分发挥着自身想象力，每次讲述都如同又一次身临其境，于是每次的铺垫、高潮就都有了不同的妙处，所以他总能让新老听众都很满足。另外他的段子虽然大部分是道听途说，但每每都经过了他比较充分的加工润色，抖包袱的时机掌握得精到纯熟，一听就是下了功夫的。他还经常自创家常小段儿，讲给亲朋好友，有幸听上一段，开怀一笑，提神醒脑，增加情趣，长生不老。

有着满族血统的老谢干起事来似乎永不满足。电影是他的至爱，他可以将他钟爱的一部电影从导演手法到历史背景，乃至于细节台词、拍摄角度、音响效果一口气叙述描摹下来，而且淋漓尽致，如同电影原音重现一般，其讲述时的痴迷状态就像一个病人。

老谢骨子里充斥着傲气与不俗，追求浓烈深邃，摒弃不痛不痒，憧憬着"天将大白，地也洗面"的壮美。他喜欢看伟人传记，喜欢探究每一个不寻常的个体用尽心力所勾画出的生命轨迹。很多时候，他是隐在别人的轨迹中设计自己的走向。

老谢的性格中有着很重的浪漫成分，没戏演也没课上的时候，从他的窗口就会飘出一些精致的板眼："我坐在城楼观山景，耳听得城外乱纷纷……"韵味醇厚，意味深长。我觉得，他是凭借京剧的唱腔吐纳着一种文化。老谢羡慕诸葛亮的生活。

在北京连降瑞雪的时节，老谢会抄起相机直奔前三门，他很恋旧，银白色的古城门楼在他眼里美得绝伦。一个浪漫的人是离艺术最近的人。

在老谢的生活常态中，嵌刻着旗人的深深烙印：他爱鸟，养花，精通厨艺，擅长雕虫小技，醉心于精致生活的细枝末节。他的围棋是入了段的，曾经跟郑弘九段过招，在先授六子的前提下连战三盘，竟有一盘胜局。当然了，竞技场面"很不公平"，通常是郑弘九段一子落下便四处游弋，抽烟喝茶上厕所，空余老谢愁对棋局，用尽思量。至于养花，阳台上栽种的盆花种类和繁茂程度已不消说，他居然还在家里种了两棵榕树！想想吧。

老谢一直持有一种特别讨好女性的观点，他认为合格的男人应该具备厨师的手艺。他还赞成严惩方便面的发明者，罪状就是这一发明无形中剥夺了生活中"吃"的讲究和快乐。自恃手艺不软，老谢出语就很硬，有那么点儿万事不求人的自豪。他说他能不下馆子就不下馆子，想吃什么自己做。

老谢讲起做饭也是两眼放光，他说他会做一种叫"暄白"的菜，就是磕出蛋清备好，用上等里脊肉勾蛋清抓匀，再用香油裹一遍，出锅即成一道脆鲜色润的佳肴。我觉得老谢在讲述菜肴之讲究程度的过程中，已经享受到了品尝菜肴时永远达不到的极乐。

老谢爱运动、爱自然、爱艺术、爱女人、爱所有的美。游泳、保龄、爬山、健身、放风筝、玩摄影……只要有工夫，老谢就把自己支使得团团转。他很早就是自己的司机了，穿着一双"老头乐"驾驶着一辆"大屁桑"，或主动或被动地游走于城市乡村，在亦真亦幻之间来回切换。

老谢在朋友面前是最好说话的，某个重要饭局稍觉冷场，朋友们第一个就会想到叫老谢来救场。所以不愿意吃馆子的老谢总是在饭局过半的时候出现，来了一口菜不吃，几杯白的下肚就开始飞段子，乐得满桌人爆喷。请客的老板顿时觉得有了面子，"飞"了两圈儿的老谢巨得意。

有一次，老谢在酒桌上正"飞"得带劲，不料一个电话把他叫到了剧组。这下愁坏了酒桌上的众位听客，段子只讲了一半，关键"包袱"还没甩呢！结果那晚上他家的电话成了热线，一个接一个全是追问"下半段"的，弄得老谢特有成就感。

老谢酒量不大，喝点儿啤的都会脸红脖子粗，但他胆量大，常常自己跳出来快速"上听"，这时候的老谢光彩四射，演员的职业魅力显露无余，或说或唱极有灵感，或呼朋或引伴拥有绝对的号召力。我甚至闹不清，喝了的老谢和清醒的老谢哪个更真实。

老谢的文笔也有旗人"血统"，用词很讲究，读来感觉也奇特，文字之间有一种乐谱中"切分音"的节奏美感，像他爱唱的京剧。他写过剧本，写过歌词，但最用心的还是他上课用的讲稿，那才是他的心血结晶。

老谢当过一次导演，主演是宋丹丹、梁天、马增蕙等若干大牌，驻扎在上海龙柏饭店的套间。老谢穿着一身嫩黄色的圣罗兰 T 恤，鼻梁上架着一副"糟眼镜子"，"预备开始"大嗓门嚷着，身后铺设着一条摄影机的移动轨，背景壮丽。不过 20 集的戏，连拍摄带后期剪辑，足足让老谢"煎熬"了大半年。老谢终于明白当导演不仅需要才气，更需要力气。超凡的耐力是最最重要的。老谢甘拜下风，在后期机房里，已经按捺不住反反复复各种折磨的老谢如同一头困兽，东一头西一头，最后蹲在椅子上，口里喃喃叨念：下次再当导演我是这个（他做了一个代表某种动物的手势）！

老谢的朋友圈里除了文体明星，还有很重要一部分构成：闲人。这之中有街坊，有老谢慕名专门结识的志趣相投之人，从这些闲人的闲谈中，老谢得到了演艺生活中难得的感悟。最让他记忆深刻的一个"闲友"曾有过这样的言行：此人称平生曾有两夜彻夜痛哭，不是亲人亡故，不是爱人情移，而是——"摇滚教父"崔健去酒吧唱歌了……还有，人艺的《茶馆》重排了……

老谢扮演的银幕、屏幕角色涉及的都是凡人小事，家长里短，但他内心是有着"大象无形"的，他在角色中把真实的自己隐藏起来。所以他和一般演员是反着的，别人是在扮演角色的过程中体验丰富的人生，而他则是拼命遏制自己绽放的天性，迫使本色屈从于角色。所以，在我看来，老谢多数时候是压抑的。

老谢干事没有条理，眉毛胡子一把抓，凡事从兴趣入手，致使贻误很多"机会"，也"坏"过不少事情，但他从来没有反省思过的时候。

老谢很善，很容易站在别人的角度设身处地，所以他敏感，总是不等别人把话挑明他已经先人一步，或宽慰，或劝解，把满捧的朋友情谊端到人前。善解人意是老谢最可人的地方。

老谢不拘小节，这就要求身边人总要跟在他的屁股后面给他收拾烂摊子。

老谢有着不泯的童心，喜欢追求时尚，即便年龄不再时尚，他也严格要求自己在见识上关注时尚。

我觉得老谢早晚是要写一本好书的，他脑子里拥有太多的话题和不一般的念头，但是很多的想法会稍纵即逝，我替那些灵感惋惜。老谢总是过于相信自己的记忆力。出于挽救老谢脑子里那些宝贝的考虑，我劝他雇个秘书，当然，是女秘书。

老谢是性情中人，白天和夜晚要面对两个不同的自己，太闹了太静了太懒了太累了都不行，所以我眼里的老谢是个很难办的老谢。

梁　天 ∞ 另一种表情

极富同情心，易伤感，眼中觉得最美的景色是挂在树梢行将飘落的秋叶。真的深情起来，你信不信，梁天也能催人泪下。

慣性往往会产生错觉。此话一点不假。

电视机里，北京2台正重播着关于梁天的访谈节目，是有关情景喜剧的内容，看着已经发福的梁天占满了整个屏幕，我换了台。一直就不习惯他胖了以后的模样，仿佛只有"麻杆"才能和"梁天"的名字产生对应。

而此刻的梁天正坐在他"好来西"办公室的办公桌前拟定一份合同，不时地接上一两个电话，又不时地拨出几个号码，

1/

1/《我爱我家》中梁天饰贾志新、葛优饰纪春生。

2/宋丹丹、梁天主演电视剧剧照。

2/

对答之间老练却不油滑，精明而不失诚意，目的性十分明确地把自己今后几天的中饭、晚饭甚至夜宵规划出去，以便收回一项项签过字的协议、合同、方案……我想这是他在体形发福之后所习惯的生活方式。他很多时候就像一只勤劳的胖蜜蜂，不停地嗡嗡，采花粉、酿蜂蜜，甜了周围人等的嘴，留给自己的却不一定是蜜。

自从演完《我爱我家》里的二儿子，梁天就仿佛气儿吹一样富态起来，习惯动作也固定为拎着大哥大的左手反插于腰间，右手则轻轻拍打日益隆起的将军肚，乍一看颇有点指点江山的领袖风范。不过一旦电视台播放他的《顽主》《二子开店》《斗鸡》《喜剧明星》，他准会急急叫来亲朋好友，嘴里嚷着"哎我那会儿多瘦啊"好像让大伙儿作这句话的见证似的。他似乎也十分怀念瘦时岁月，但是"发福"的趋势却越发不可逆转。

言语间得知他正筹划在大运村开设一家茶餐厅，相约了几个多年的"铁杆儿"朋友共同入股。应该说他是个很适合做饭庄老板的人，自己懒做的同时会做；好（读去声）吃的同时会吃；眼毒嘴刁的同时慈悲心善；喜欢热闹的同时又不爱成为焦点；一到饭点儿就开始呼朋引伴，张罗饭局。他的饮食习惯属于医生眼中不健康的那种：早饭、中饭凑合甚至省略，晚饭和夜宵大嚼特嚼。

梁天在研究"吃好吃巧"方面颇有心得，他说在他即将开张的茶餐厅里，会推出一道招牌小吃，暂名"梁氏云吞"，是他儿时从婆婆那里得到的家传：原料都很普通，但作料有一秘门诀窍。不过天机不可泄露，反正味道好得一塌糊涂。

说到正餐，梁天的口味更加平民："念平生最爱，就是和相熟的朋友在个体小饭馆暴搓一顿"，"涮羊肉"是他的首选，京城的"八先生""口福居"都有他的专座；而"京信"烤鸭是他经常光顾的地方；同时对老北京小吃情有独钟，如果让他在烧鹅仔和卤煮火烧之间选择，他肯定挑后一种。

值得一提的是，梁天在淡出表演界若干年后，首次出现在20集电视剧《阳光职业介绍所》里，扮演心理指导老师的角色，这是他在2002年10月7日小范围宣布"迫于生计，重出江湖"之后，接受的戏份最重的角色。据说表演得到了全组的一致认可，甚至得到了"不愧为老艺术家"的赞誉。

梁天的经历不能算平淡：还是学龄前儿童的时候，爱一个人躲在家里玩儿打仗，一会儿是八路军守山头，一会儿是日本鬼子进村子，终归是谁也打不死谁；上了小学演李玉和、周扒皮和刁德一；中学唱快板、说相声、跳迎宾舞；然后是四年的军营生活，八年的工厂锻炼，平凡之极也动人之极。所有突发的青春冲动，必然遇到的青春迷惘，知识分子家庭的耳濡目染，自然而然招引梁天选择了同一种发泄工具：纸和笔。"那阵子写的信和日记现在堆起来得有一人高。"当写信的瘾头和对文艺的爱好达到同等重量级别的时候，梁天顺理成章地成了颇具品位的"追星族"。

"宋丹丹收到的第一封观众来信就是我写的。"梁天好像早就料到我等听众会瞪大眼睛，于是谈兴更浓。也是凑巧，宋丹丹在北京人艺出演的第一部话剧叫《王建设当官》，恰巧梁天就去看了，看了还就觉得她演得好，然后就写了一封很有鉴赏力的观后感，宋丹丹深受鼓舞之余还就写了回信。值得注意的是，当时梁天的"官职"全称叫作：雷蒙西服公司工会文体干事。后来两人都成了演艺界的腕儿，一起拍戏的时候还常拿这事儿开玩笑，大大咧咧地互相兜底然后供认不讳，感觉反而更亲切。接着再往前追溯，那还要说上只有"老三战"的年代，在《地道战》《地雷战》《南征北战》铺天盖地的时候，出了一部《春苗》。梁天也裹挟在许许多多"眼前一亮"的小年轻当中，一连看了七遍，最后还是绷不住给李秀明写了封信。另外一个给过他艺术感染的角色是"海霞"，照例，扮演小海霞的蔡明也有幸收到过出自梁天笔下的"观后感"。

就像是喜剧电影的结尾一样，事过境迁，所有的人物关系重新组合排列，很有意味的情节出现了：梁天从幕后站到了台前，平起平坐地将他当年的偶像拉到近前，"在艺术的海洋中共同遨游"。他先后和宋丹丹、蔡明在电视剧《经过上海》和情景喜剧《我爱我家》《临时家庭》中搭档，饰演男女一号，其他影视中的客串合作就不计其数了，另外与李秀明也同台主持过节目。从给明星写观众来信到同台共演对手戏，这之中隐藏了梁天太多的经历，以至于正值壮年的梁天脸上已经有了沧桑感。

"在工厂的八年，我从搬运工干起，然后是工会文体干事、宣传科副科长、办公室副科长、办公室副主任，也曾想调到国家机关或者学着家里人的样子写点什么，可是始终未能如愿。直到被中央电视台赖淑君导演发现长相特别之后，才成了个业余演员。"这是梁天十分平静的自述。我想，能在工厂卧薪尝胆八年，梁天的心中一定没有放弃过一直若隐若现的那些文字，这可以从至今依然保存的剪报本中的各种"豆腐块"里窥见端倪。虽然每篇都不超过五十字，虽然署名永远是在角落的括号里面的"通讯员梁天"，但是简洁、顺畅的语言可以归纳在广告文字的范畴之列。"正是有了写豆腐块的底子，现在起草简章、合同全不在话下。"梁天说这话的时候很是得意。

现在回想当初，梁天庆幸自己耐心得很，始终如一地在银幕上尴尬着、渺小着、可笑着。当"麻杆""刷子""药渣"们被梁天操练得炉火纯青之后，"老艺术家"也便修成了正果。再后来，导演行列里就多了一个以扶持新人为己任的梁导。他为人处世一贯讲究个将心比心，"谁都不容易"是他的口头禅。

曾经在酒酣微醺之际，听梁天绘声绘色跟众人讲述过他最向往的自己老年时的一个场景：气氛是冬日的黄昏，萧瑟。情景是背身而坐的梁天（一定要身着黑色过膝风衣，衣领必须竖起）正默吸烟斗，一个当下红极一时的影视明星按图索骥找到了这个幽暗角落。这个明星（最好是女的）必须是历经千辛万苦方才得知，那个背身而坐的老人就是暗中扶持她多年的影坛泰斗……闭目想象一下，情景中有一点儿俯瞰的旷达，有一点儿归隐的落寞，有一点儿超然的孤傲，还有一点儿黑帮老大的霸气……不是打击他，这绝对只是梁天因在现实中无法实现而安慰自己的一个梦想而已。

梁天和"平顶天朔"（臧天朔）是铁了很多年的哥们儿，二人也曾合作过多部影视作品，但最开心的瞬间还是坐在老臧酒吧里端起酒杯的时候。这不，已是夜阑时分，梁天还是听从召唤，按时赶到了"有戏"酒吧，明天老臧要去云南演出，哥儿几个为他饯行也顺道聚聚。他们之间的聚会很随意，就是嗑瓜籽，喝喝啤酒，但是男人之间独有的默契在这时候会显露无余。

在难得清净的瞬间，梁天也会仰天一叹："有事儿干是一种幸福啊！"瞧那神态，就跟虚度了多少光阴似的。可是在我眼里，他绝对是透支了他的每个 24 小时。就说睡眠，一般人都需要 8 个小时（好像文艺圈的更嗜睡一些），可这位爷反常，他的觉属于"零打碎敲、招之即来"型，只要工作稍有间隙（5 分钟以上即可），无论是硬座、沙发还是床角、躺椅，也不论环境嘈杂还是安静、衣着舒适还是难受，不出 40 秒呼噜声即起，梁天已然进入深度睡眠状态！更绝的是，如果是在拍摄现场，轮到他出镜，被副导演摇醒是肯定的，梁天睁开眼的同时准会说："来吧！"然后整整服装居然就敢往摄影机前面站！非但站了而且台词立马就拱嘴儿，情绪立马就激昂，导演立马就通过！直看得周围工作人员啧啧称奇。

这种即兴的"深度睡眠"如果累积够两个小时，那梁天一整天的睡眠定额就可以满足了，然后的 22 小时他都可以睁着眼睛！就凭这一招儿，梁天闯荡百余剧组，无不留下称羡叹服的口碑：瞧人家，什么都不耽误！

如果是在剪辑机房作为导演做后期，梁天这一招儿更有妙用：待剪接师一通儿找点、叠画、高速……跟机器较劲之时，梁天会用呼噜声作为背景陪衬。等到剪接师终于不耐烦躁正想偷工减料之时，身后准会传来有些含混但很坚定的声音："这段不行，画面跟音乐的点没配上！"待吓出一身白毛汗的剪辑师回身刚要解释，梁天竟然呼噜声再起！这不简直就是成精了吗？！

梁天的朋友很多，而且各个阶层、各个行当的都有，当然以文艺、体育界人士居多。这跟他聪明、善良、仗义的天性有直接关系。在他内心深处从不把人按高下区分，只有合得来与合不来之别。他的口头语是爱往文化人堆儿里凑合，因为自己没文化。这当然是自谦了，他自己就是从文化人家里长大的。

梁天极不爱好体力锻炼，每天用脚走的路也就百十步撑死了。可他却极爱观看直播的体育比赛，甚至爱到可以耽误正事儿的程度。世界杯期间他就因为要看比赛而勒令当时剧组停机半天。他这样解释原因：体育比赛有绝对的标准，不像文艺，仁者见仁，智者见智，所以我佩服每个项目的冠军。

跟朋友赌球是他生活中除了吃之外的又一大乐事，什么英超、德甲、足总、甲A，一套一套的，说得比台词还溜。但是不用问，梁天的战绩永远是输的时候多，赢的时候少，也邪了。

既然要全面地说说梁天，我觉得还有必要提及我见过的梁天的另一种表情，那是一个躲在流畅文字背后的梁天，敏感、细腻、智慧。只不过，那是一种隐藏很深而且稍纵即逝的表情。他为《笑忘书——梁左作品选》撰写的后记就是一篇笔法老到的耐看文章，值得一读。

出身世家的梁天对文字有着与生俱来的敏感，只不过一直藏着掖着、想当蒋子龙的野心被一日亮似一日的明星光环按捺下去，而体内的那些文学细胞只好悄悄让位给五官中喜兴的眉毛和眯眯的笑眼儿，最终退隐成了内心深处一声遗憾的叹息。

在经历与功名有幸同时达到骄人的时刻，有人迈向成熟，有人开始放浪，梁天站在转折的当口儿，口中喃喃念叨着一句："吃亏是福"。比较起来，谢园是把梁天看得最透的"死党"，他在一篇题为《影坛小人儿》的文章里如此描绘梁天："他为理想而清高，为生存而不耻下问，为朋友鸣锣开道，留给自己的，往往是奔忙中的混沌，偷闲时的焦灼。真真应了梁天是个俗子，更应了他有时可以战胜英雄的聪明……"

如今，人生际遇、世间暖凉已然包容在他的笑容里，所以，有的时候，梁天笑起来像个老人。

梁天是俗人中的智者，这不单单表现为十多年的拳打脚踢之后，他为观众留下了一张笑脸，为自己创下了声名，更重要的是他依然保持住了一份清醒。"演戏是做脸的事，可要做脸又得先做人，做人、做脸都不是件容易的事。"这番看似浅白的话，未必真的好懂。也就因为他常常把大道理说得深入浅出，我挺服他。

其实梁天骨子里是个情绪化的人，不希望成为任何事情的焦点，平日里好朋友聚会聊天，他总是担当敲边鼓的角色。但是在为朋友开路或断后的应酬酒席上，他又总是第一个跳出来把自己灌醉的人。不过多数时候他的仗义不分场合不分对象，结果又很容易把自己搁进去，误了自己的正宗。所以我说他多一半的皱纹是自作自受。

梁天是活在二十世纪的人，没有驾照不通英文，仅有的一点儿电脑知识还是从儿子那儿趸过来的，绝不是他不够聪明学不会，而是他内心压根儿抵制的结果。他有他的一套理论：说到车，他觉得车是给人坐的，人不能被车所累。本来镜头前、生意场就够绞脑汁的了，回头再在马路上跟人流、车流较劲，忒累。所以他只坐车，不开车。也搭上他这人在生活水准上没什么高要求，什么车都坐，只要能走就成。有一回坐着剧组一辆二手拉达在长安街被截了下来，梁天倒不紧张，有司机交涉呢，倒是警察一看梁天从车上下来了，惊了一个趔趄，马上跟了一句：您这是演戏呢吧？脑筋急转弯的梁天自然顺水推舟，一切搞定了。不过这事儿随后也被传为笑谈，用以佐证梁天不计生活质量、"得过且过"的落后观念。

真的，像他这样"不讲究"的明星，少见。在剧组的宿舍里，还见过梁天正晾晒一套失了松紧的棉毛衣裤。如果从艰苦奋斗的角度看这固然是个美德，可是按照全面进入小康社会的标准衡量，这就叫不思进取。特别想真心跟梁天说一句：对自己好一点！

有朋友送给梁天一句评价：入佛门六根不净，进商界狼性不足。梁天笑纳了。

人无完人，艺无止境。岂能尽如人意，但求无愧我心。这几句瞧着不大搭界，但用在梁天身上，很准。

幕后也疯狂

摄像师

不是我不明白

无论是电视剧的拍摄还是电视栏目的采访，摄像师必定身先士卒被列在一线阵营。应该说，任何一个摄像师从本能上都会要求自己的片子拍出来是件艺术品。但是有一条，创收永远是第一位的，片子要发行，栏目要生存，必须考虑钱的问题，有钱才能顾及其他。拒绝或者无视这条规则，只能被红牌罚下。正视到这一点，摄像师们只有重新调整心态，收起纯艺术的"三脚架"，洗心革面，按照规则从一二三做起。

小林是电影学院摄影系科班毕业，上大二的时候就开始跟随师父师哥们干外活了。开始是扛架子、跟焦点，给人打下手，慢慢有经验了，便独立操作，担当了电视台交通新闻的合同制摄像师。待遇是配备一辆"捷达"作为工作车，但是要交六千元的抵押金。每周要上够五条新闻才算完成定额，月底才发保底工资，当然超额有奖。可就这五条的定额也够让人着急的，就说现在车多人多事故隐患多，那也是可遇不可求。再说即便出事，哪那么巧你就在现场正好撞上？所以自从接了这份差事，小林自己都觉得自己变"恶毒"了：专门在上下班高峰期开着捷达满世界转悠，天天盼着马路上能出点什么事儿……课本上讲的构图啦，色彩啦全抛脑后头去了，定额是第一位的。后来，小林想出一招儿，联络上在另一电视台专拍文化动态的哥们儿，两人都是有车有机器，彼此只要多留心一些就可以做到互通有无，各取所需。合作结果是两人同时觉得松快多了，挣钱也容易了。

老摄像们常说一句口头语叫"卷着吧！"意思大概是让磁带开始转动，也就是招呼开始干活的行话。目前，电视台各栏目基本上都采取买片制，就是不给保底工资，按照节目播出时所采用的你实际拍摄的片子的长度计算报酬，以分秒为单位。这样一来，你"卷"得越多，收成也就越好。

老段是电视台里的老"编外"，虽然活儿练得不错，可是一直没有机会成为电视台的正规军。老段有他的一手单挑绝活：就是连采编带剪接外加合成一人拿下，所以除了摄像的工钱外，还能再收一份编辑的报酬。收入不菲，老段也确实连前期带后期干过一个月，结果挣到的那份钱差不多全部贴到医药费里去了，实在是超负荷，正常人受不了。再说电视栏目一般都有两到三名摄像师同时操作，所以那一杯羹还得分出两三份与人共享。因而从长远角度考虑，摄像师很少兼职。比较"肥"的差使是加盟文化娱乐性栏目，这类节目一是拍摄场景多在室内，出活儿快，效益有保障；二是选题好找，不用担心下顿饭的着落；

三是节目容易打出知名度，拉广告搞赞助的前景广阔。

任何栏目存在时间长了，都会形成一个相应的关系网：购物指南类的节目与各大商场之间、家居类节目与装饰装修公司之间、服饰类节目与名牌专卖店之间等等，都会因工作需要渐渐产生一种默契的互惠关系，相互制约又相互依赖，彼此达成一个没有条款的隐性协议，个中细节也就只有天知地知了。

相比较而言，新闻性栏目想打出知名度就需要更多的真功夫。公正、犀利、勇敢是节目制作者必备的素质，他们必须顶住有偿新闻的诱惑，要有穷追不舍的胆量，要有"不识好歹"的骨气。很多新闻类栏目，都曾发生过摄像师为保护机器中的第一手资料，被气急败坏的受访人殴伤的事件。采编记者们这种视真实为生命的敬业精神，十分令人钦佩。这也是节目能够赢得观众的重要原因。

身在一线，摄像师们的镜头里既有诱人的风光无限，又有两难的进退无奈。是勇往直前还是原地打转，是迂回包抄还是曲意逢迎，相信每位摄像师的心里都有一杆秤。

栏目撰稿人
爱要怎么说出口

担任电视栏目的撰稿并不需要生花的文笔，因为电视是通俗的同义语，立志当作家的人士最好别掺乎进来，因为你忍受不了自己苦心经营出来的华采段落被屡屡删掉的痛惜。一位杂志社的编辑，现在兼职做电视栏目撰稿，他曾精辟地总结说：玩电视文字，虚心和耐心是第一位的，必须时刻准备着，针对主持人、制片人、台里领导的不同意见修正稿子的不同文体，应对原则是换汤不换药，为同一内容准备好不同风格的"包装"：亲切家常型的，新闻力度型的等等，确保"政策出台，稿子出来"，决不耽误正事。

对于急功近利的人来说，做栏目撰稿比较适合，因为这个职业很容易获得满足感。首先不坐班，这就和挤公共汽车上下班的一般工薪阶层拉开了档次；再者，时间自由支配，又为跨栏目兼职提供了可能；第三，节目按固定周期频繁播出，撰稿人也能在拉滚字幕的职员表中占据显要位置，虚荣心得到满足；第四，固定报酬之外常有意外惊喜：如果碰上某企业与栏目联合挂名包节目，撰稿人就可以小小地发挥一下编剧的才能，把企业名称或者产品形象等软广告性质的内容自然地糅合到节目进程中，既突出了重点又不显做作。于是皆大欢喜的结局里自然少不了对于撰稿人的另外犒劳。

电视是多门类的综合艺术，这也就决定了它多工种的协作关系，所以，性格爱较真的人不大适合做电视人。那个时候很多电视栏目都实行承包制，栏目中正式属于电视台编制的人员很少，大多都是从社会上招聘或者通过各种渠道介绍过来的"流动人口"，所以素质良莠不齐。小姚就置身在这么一群"业余电视人"之中。

其实小姚也不是学电视出身,但是作为"电视子弟",从小耳濡目染电视圈的各个行当,眼光自然比较专业。从事撰稿这一行以后,也想往编导方向凑凑,所以每次交完稿,还参与拍摄和配音合成。参与的程度越深,不满意的地方就越多。有一回,主持人配音时把她稿子里一处很重要的话断错了句,而且属于明显的常识性错误。小姚顿时有一种稿子被糟蹋的感觉,话里话外带着一种嘲讽,结果自然是不欢而散。可是日后两人还在同一栏目共处,谁还都不想放弃那份工作,所以谁看谁都别扭。由此产生的矛盾完全属于自耗,得不偿失。

舞文弄墨久了,难免沾染上某些不够可爱的文人习气:说话不走直趟儿,听话专听尾音儿,有高兴事儿也总偷着乐,缺少那种"说走咱就走""风风火火闯九州"的剽悍爽快。这是玩文字玩出来的可悲。不过荧屏撰稿的职业本身可谓有百利而无一害,那份悠然自得,那份知足常乐,怎一个爱字了得?

主持人
你喜欢的会有几个

"你喜欢的会有几个,是一个两个,还是很多很多?"这是周华健一首情歌中的歌词,用来形容电视主持人的心态颇为确切。

自从"主持人"的概念从最久远的"报幕员"分离出来以后,

这个新诞生的第七十三行就迅速膨胀到了人满为患的地步，不光是电视台，连广播电台的主持人都是以栏目代言的形象示人的。他们拥有比演员更加频繁的出镜率，占据大众传媒的焦点位置。"人气"旺盛之后自然就"神气"活现，主持人们各显其能，在方寸的荧屏之外又开垦出了大片的领地。

毛毛是广播学院播音系毕业，长相嗓音都没得挑，又是北京户口，所以没费什么周折就成了电视台正式收编的主持人，每月有固定的工资收入，各种福利待遇也比一般的机关单位优越得多，生活状态很稳定。但任何一种状态持续久了，都会出现"围城"效应。年年月月站在呆板的镜头前，说那些大同小异的套话，做那些大惊小怪的表情，听那些有谱没谱的导演指使，生活进入了不由自主的惯性，于是，外面的人挤破脑袋想进来，里面的人费尽心思想出去。毛毛就在她"话筒生涯"的第三个年头上，向电视台递交了辞职申请，和男友一起，当起了"果吧"的老板。毛毛连公关带策划，把从前制作节目时结识的各行业的朋友都请去捧场，生意很是红火。朋友们也觉得毛毛比先前快活多了。可也有"城"外的朋友叹息，说毛毛已经离名利很近了，却轻易放弃，实在欠考虑。

确实，能当上主持人，必定外形条件拿得出手，而拥有了一张对得起观众的脸，名利就不再遥远，各种事情都有了商量：去做演员，名气窜升，媒体爆炒，有戏就拍，没戏就歇，多么滋润；去当歌星，亮亮嗓门，四处签约，风头占尽，票子到手，多么惬意! 青春短暂, 无拘无束才来得快活。不幸的是, 一到这种时候,原先引以自豪的"正式编制"就成了束缚手脚的羁绊。原因也很简单:你端的是电视台的饭碗,你的形象就代表电视台。未经允许不能在影视剧中担任角色或者在其他公开场合主持节目,甚至在电视台的范围内,也不允许串栏目主持。这就让多般"武艺"在身的主持人难以忍受了, 结果只能扔掉这只饭碗, 换回自由身。很多主持人都是调离电视台以后,才在影视界异军突起的。有意思的是, 这种互换也不乏逆向的例子, 很多演员在歌坛和影坛取得了相当的知名度后, 又不甘寂寞步入了主持人的行列。也许正是这种全方位的亮相, 才能让个性的自由度得以充分的发挥, 这也是演艺界个体户越来越多的原因。

那时候, 主持人的队伍里, 只有初出茅庐的实习生或者为户口操心的外乡人才把"编制"的概念放在心上, 那些大牌主持们的眼光已经放得很远, 他们重视的是能够施展多种才艺的自由空间。

剪辑师、音乐人、电视人
准棚虫

就像有人为"捕蛇者"撰文立说一样, 我所结识的更是奇特的一群人。

很早以前, 因为逃不掉电视剧的后期剪辑, 于是混熟了京城各个角落里明亮或昏暗、宽大或窄小的录音棚和编辑机房，这才发现：在这个充满了按键、插销和录像带的世界中，竟然容纳着隐蔽着一大群叱咤荧屏的"高热量"人物，他们整日辛苦而忙碌，然而却活得充实而尽兴。

和整日困在录音棚中的专业配音演员比，这一群人有着更为开阔的活动区域，他们之中包括卓有名气的歌手、活跃在众多电视栏目中的编播人员、专以剪辑电视剧或专题片为生的剪接师……他们会在"以棚为家"的间隙中出席各种发布会或庆典仪式或采访现场，就像充电一样把即将耗尽的精力投入到能够显示其事业有成的各种场合之中，于是活力便奇迹般地在他们身体里焕发出来，留待以后在"棚中生涯"中慢慢放散，因此他们有了颇为传神的一个绰号：准棚虫。

远远地看，歌星的生活太让人妒忌了：用不着像影视演员那样受风吹日晒的皮肉之苦，也不必整日啼笑皆非地折磨自己的细胞，更不用像足球运动员那样狂奔九十分钟也未必能赢得观众的喝彩，他们只需优雅地在台上展示风度，尽量婉转地控制音准，分寸适当地把握表情，至多不过三四分钟就能获得掌声，而且好像大多数就这样成名了。然后就可以在大大小小的演出中抛头露面，再然后就成了大大小小的款爷了，此外还有层出不穷的 MTV 满足他们日益增长的表演欲和导演欲……所有这些足够让人牙根痒痒了，他们的字典里难道还会有委屈和不如意的概念么？

　　有的，被围在棚中的歌手处境就很令人同情了：小 J 在歌坛曾大红大火过一阵，最近有点儿落余儿。没有新歌上电台的排行榜，没有新形象在电视上露面，艺人最难忍受的观众的淡忘让她赶上了。因为当年是一曲成名，晕晕乎乎之际也没想到改变一下不识谱的业余身份，日后众人纷纷加盟唱片公司的时候她也拉了空儿。如今年已三十，瞧着十八九岁的后继者生猛的来势，真有了人老珠黄的感喟，可是又下不了急流勇退的决心，毕竟演艺圈里的名利太让人难以割舍了，只有以低人的价格和低人的姿态去寻找出头的机会。影视剧的片头片尾曲是最令人眼红的，小 J 尝过一夜之间家喻户晓的兴奋感，于是决定再试一次捷径。请客吃饭多方联络之后，终于得到曲作者和导演的应允去棚里试唱，头天晚上小 J 用胖大海喂了一宿的嗓子。多日不进棚小 J 感到哪儿都不对劲儿了。曲作者和录音师会为一个音符的细微偏差进行反复纠正，态度之一丝不苟、表情之冷峻严厉令人无时无刻不产生一种威胁感，因为小 J 发现棚外还站着五六位挺眼熟的年轻面孔，原来导演不止叫了她一个人！一种被人轻视的感觉让小 J 的嗓子更不受控制。录音过程是漫长的，因为这实际上也是编辑的过程，技术高超的录音师可以从你唱过百遍的同一首歌中一个字一个字地进行合成，如此加工出来的歌，自然是字正腔圆无懈可击的了，可惜录音师不可能具备那么多耐心，不然岂不是人人都成歌星了？当小 J 声嘶力竭地走出录音棚时，耳边已经听不到导演说着什么过两天再来试试的客套话，她心里清清楚楚知道，自己的时代过去了。回头再看那座昏暗的略带潮气的录音棚，怎么从前没发现它竟如此不近人情呢！

"准棚虫"中比较名副其实的要算具备着写词作曲演唱才能的音乐人，他们比纯粹的歌手高一个档次，活得更加主动，在棚中作息的时间也更长，而且因为会用乐器即兴创作，所以总给人才华横溢高深莫测的感觉。第一次有这种感觉是因为臧天朔。那次是跟梁天剪片子，老臧是该片作曲，结果因为编辑机出毛病，音带放不出声，只好呼老臧救驾。

估计得不错，不一会儿老臧背着合成器，黑塔一般出现在门口，梁天一把拉过他"救星来了救星来了"喊个不停，老臧憨笑着落座，机房因此变得拥挤了不少。和录音师打过招呼，梁天说赶紧吧，于是老臧褪下琴套接好电源就要开始练，看机房里的人都用无限惊讶又无限敬仰的眼神望着他，老臧反倒有一点点"分"心，回头瞧瞧梁天，"梁导"发话："现在剧情是中秋月夜，来段深情点儿的。"老臧低声说行，录音师、剪接师分别找好声音和画面的"入点"，老臧说来吧，然后两眼紧盯画面，如果他用这种"强度"的眼神盯一个人，那人绝对就毛了。合成器发出悦耳的律动，熨帖地衬着画面，于是我彻底明白了什么是即兴创作、什么是现场发挥、什么是有如神助、什么是浑然天成。

剪辑棚里的能人远不止这些，电视台各个栏目的编播主持人员也是个个能量不凡。因为收视率的竞争，他们必须把每次节目都尽量做得与众不同；必须永远保持机警状态，以便抢先一步独家报道；必须挖空心思润色创意，以便视角独到夺人耳目；必须拳打脚踢一人多能，以便压缩编制提高收入。在采访现场，在摄像机前，他们永远神采焕发，但是回到剪辑台前，与画面和数码较量一番之后，每个人早已无须掩饰地换上了一脸疲惫。一般说来，栏目的摄像干兼职剪辑的比较多，也许是心疼自己的劳动成果，不忍交到别人手里弄个面目全非，所以干脆亲自上阵。栏目主持人是个讨好的活计，不但人前露脸而且只要稍有人缘儿就可拉到广告赞助，于是便能做稳导演甚至制片人的位置，将小小栏目承包下来。这样一来小康的日子便不远了，并且做节目也随心所欲得多，有了自己一个可以指手画脚的空间。

　　小 Y 是学电视编辑的，手脚头脑也算灵活。毕业后没像其他同学那样自然而然地坐到机关单位宽敞平静的机房里，而是闯到电视台，跟人家签了一纸"丧权辱国"的合同书，在一个新开办的栏目里做助理导演兼剪辑。此后便是白日黑天的颠倒，没完没了的忙碌，采编剪辑的交替。好在小 Y 有着一副乐天的性格和皮实的体格，而且兴趣所致干劲正旺，经过一个月的试播，栏目获得小范围的肯定。小 Y 信心倍增，并有预谋地参与撰稿策划，再加上电视编辑的学历帮助她在剪辑片子时树立了绝对权威，渐渐将导演大权揽到自己手中，于是她的人缘和她的栏目同时在圈内混出口碑。后来又有电视剧的导演请她去做导播，然后她便身价倍增，又同时与电视台的其他栏目签约，并不时以导演身份拍一两个 MTV，既放松心情又开阔视野。从此又结识了歌坛的许多人物，于是不久就听说她和几个同学合开了一家广告公司，步入了事业有成的行列。

相比之下，囿于各种机房的专职剪接师就没那么多余裕了。他们永远站在第二线，缺少如火如荼的刺激，总有点儿袖手旁观的性质，永远冷静地修补好热闹之余的浮躁，客观地筛选出芜杂之中的精彩。"为人作嫁"是他们的职责，出名对他们来讲是遥远的事情，然而我却佩服他们，某种程度上讲，他们是演员的救星。他们凭借富有经验的双眼，审视画面中每一处偏差与做作，适时提醒导演，然后操纵灵活的双手，打点、预演、实录，于是荧幕上保留下演员最最传神最最亮丽的一瞬。而电影剪接师就更令人叹服，他们的工具只有一把剪刀和自己的直觉。所以一个好剪辑师事实上就是一部影视剧的后期导演，因为没有前期拍摄时的先入为主，他总能站在客观的角度决定取舍，以见多识广的优势和长期培养出来的艺术直觉将节奏感赋予作品，起承转合恰到好处，顿挫抑扬皆见功夫，所以连奥斯卡也设立了最佳剪辑奖。一名剪辑师通常要用很长时间才能剪完一部电影或电视剧，但酬金却大大少于前期拍摄，这也是专职剪辑师越来越少的原因。他们如果想"投入地笑一次"，到棚外走走，一般都可以毫不费力地充当助理导演的角色，这样收入就可观一些了。但是奇怪的很，好多好不容易跟单位签了合同赢得"自由身"的"棚中人"，出来不久便怀念起棚中岁月的恬淡与宁静，看来人的性格对所从事的事业有着直接的影响。

　　"棚"好像是一席中介地，人说外面的世界很精彩，又说外面的世界很无奈，这一点也许是生存在这"内外"之间的准棚虫们体味最深的吧。

制片主任
精打细算的管家

　　距离产生美，朦胧产生惑：雾里看花，水中望月，半梦半醒，亦真亦幻的空档最吊人胃口，一旦你走近了，看清了，失望也就接踵而至。经常接待剧组的宾馆、饭庄无疑是接近影视圈的最佳入点，于是他们感觉中的落差也最大。

　　合作通常是这样达成的：宾馆、饭庄看重剧组带来的广告效益。厅堂内外整日穿梭着俊男靓女，吆五喝六招摇过市，再加上片头片尾"鸣谢""协助拍摄"的字幕拉滚，远比花钱买时段买版面来得划算，到了还能落个热爱艺术的名声。剧组呢，不管底子厚薄，负责联系吃住的制片主任永远哭穷，他们工作的最高境界就是达到白吃、白住、白拍。所以一旦当上了制片主任，在家大手大脚的汉子立即无师自通学会了讨价还价斤斤计较，"当家方知柴米贵"的感慨经常挂在嘴边。也难怪，开拍在即，一旦各个部门的职员集结而成，就意味着写有大笔开销的收据、发票开始源源不断地汇拢到他手里等待兑现，自然一种当家的责任感会让他变得小心翼翼。当他又以这种戒备心去面对宾馆、饭庄的老板时，他那特别到位的表演就更让人真伪难辨了。

其实一个重复了多次的情节在表演中很容易过火，但是因为怀有走近名人和期求回报的强烈愿望，精明的店主们此时往往忽略了细节的真实，第一次这样的合作往往就在有些盲目的意味中成交了。

对于所谓衣食住行，剧组无疑是个高品位的生活小团伙，样样必须齐备周到。首先说穿，女演员的服装历来是让人伤脑筋的问题，一般省事的方法是让演员自备，可是谁肯轻易拿出像样的细软来到组里糟蹋？花钱现买吧又太耗财力，而且戏一拍完又都让演员留作纪念了，剧组更是干赔，于是有活动能力的制片或导演就热衷于联系赞助事宜：找个良辰吉日带上姿色与口才，制片拉上演员就直奔目的地，美其名曰自力更生。负责接待的厂家代表对亲自造访的明星心仪已久，再加上制片的巧舌如簧和演员的热情恭维，早就被架到了半空，恨不能立即倾其所有任君挑选，这时候演员一定要适可而止，否则一次贪心就可能断了后路，随行制片必须严格掌握分寸，以利再战。当然也有特别擅长于未雨绸缪的导演——找演员的时候专找某服装品牌的代言人，这就省去了更多的口舌和是非。

吃和住是稳定军心的关键，只有把组员安抚得舒舒坦坦，拍摄才能进行得顺顺当当。有一个部门饿着，拍摄进度就会大受影响，导演的全盘计划就可能泡汤，那损失可不是拉点赞助补得回来的。导演和制片在这一点上都特别想得开，乐得跟大家图个舒服开心，知道该花钱的地方想省也没那么容易，回头再落下骂名就更不上算了。而对于客房出租率总是低于百分之五十的中档饭店而言，接到剧组制片打来的预订电话总免不了心头一阵窃喜，善于算账的脑瓜快速转动着：三四十口子连吃带住两个月！没有赚头才怪！再说组里怎么着也得有一两个老婆孩子心目中的偶像人物，这次拉到近处瞧他个真真的！行，打折让利这活儿也得揽下，于是欢欢喜喜把剧组请为座上宾。

开始什么都是到位的：每天专人打扫房间，撤换床单和洗漱用具；开水随叫随到；楼层服务员见面问好；晚上睡觉前掀起一角的洁白床单上还不忘放上一颗巧克力——"一夜甜梦"的意思。组员们也会尽量照顾面子，但是三天的收敛期限一过便开始我行我素：爱干净的铺上自己的全套床上用品，叮嘱服务员不要随意撤换；喜好舒适的开始做长远计，床头、沙发互调位置，以便随身携带的台灯、音响有落脚地；服装、道具组的房间更会因地制宜，凡是可称作容器的地方全部塞满，然后再向其他空间发展。除此之外，剧组昼伏夜出的作息也打乱了服务员的规矩，回回是满怀热情地上门打扫却被门上"请勿打扰"的牌子撅了回去。只有道具部门和上上下下的服务员、餐厅厨师关系保持得十分热络，可与此同时，房间里的暖水瓶、电话机、餐厅里的盘盘碗碗、主食炒菜也陆陆续续出现在拍摄现场……直到楼层小姐们逐一变得漠然了，疲塌了，"热情已被你耗尽"

的表情挂满每一张脸了，剧组也就彻底放开了，无拘无束了。最惊心动魄的场面是剧组撤离的前夜，每个房间里除了打好包的行李之外，满目狼藉的景象容易令人联想到打劫现场。

最后的结算是困难的，在确知"大部队"已经全部撤离之后，负责"掩护"的制片主任只好下定大无畏的决心，独自面对不再微笑的宾馆经理。一纸损坏物品清单摆在尴尬的两人中间，反正是一了百了，制片主任只有痛痛快快掏钱完事走人。

会算计的制片们知道"吃"里面学问大了去了，比如剧情涉及的场景中如果有五分之一是某一酒家，这就值得他们下大力气去公关。找一家关系户开的饭馆，地处偏僻地带、生意不怎么景气但是店面宽敞者为最佳首选。先同老板讲好门脸招牌的镜头出现多少次，剧情台词里提及店名多少回，而作为这种软广告的费用，剧组全体可以在该店享用多少次免费正餐等等，名目繁多不一而足，粗粗算下来能让全组白吃一个星期就划得来，因为剧组不用付出什么，只是加几个空镜头，多几句水词儿而已。关系处得好，导演兴许即兴加个情节，顺便让店主或者服务生出个镜头露露脸儿，但是新鲜劲儿很快就过，等到店家们看清了为拍一个镜头又挪桌子，又并椅子，又糊窗户，又支灯架的这通折腾，最初的好奇立时化作一阵悔意，而且与日俱增。

拍戏是集体活动，所以每个组至少要配备一辆"组车"作为演职人员来往于景地与驻地的交通工具，一般组车都在当地租，跟车司机无疑也就成了剧组一员。凡事权衡利弊的时候就看出发点是什么，我认识一个开"小公共"的司机，天天耐着性子往返于同一条线路，喊干了嗓子不见得拉几趟满座儿，瞪圆了眼睛说不定还让警察扣住，费神费力，偶尔抬头喘气的时候也纳闷儿：我什么时候也能舒舒坦坦挣笔钱呢？机会来了，哥们儿介绍，给剧组开车，给油钱还包吃包住，不去才傻呢！试了两天果然很是称心：一天下来出车次数不多，而且很快就跟原先荧屏上才能见到的人物称兄道弟了，聊的全是新鲜事儿，主要是感觉挺不错。等慢慢习惯了，开始咂么滋味了：敢情拍戏这事儿没时没点儿，起大早出一趟车，到地方就没事儿了，可是不许走，陪着。虽然可以看拍戏解闷儿，可那玩意儿看多了也烦，翻来覆去几句话就得折腾一上午，不出活儿。这还不算完，也没准点儿收工，耗到半夜是常事儿，缩在驾驶室里可太难受了，真不如开小公共，累了就歇，自己说了算。结果这位没干满一个月就撤了。后来我又在老线路碰见他开着小公共，精气神儿跟从前不大一样，挺滋润挺满足似的。

　　经多了见多了，细想想，其实哪一行都有滋润逍遥的正面和不甚光彩的负面，说不上谁羡慕谁。只不过演艺界的正面过于暴露了，以至于有了光环有了诱惑力。现在戏班子越来越多，卷进剧组的人也越来越多，所以了解"负面"的人也越来越多，正负此消彼长，眼见着从前夹道欢迎的热情蜕化为敬而远之的冷漠，剧组同仁不知作何感想。至少，为了生计，保留住一部分"老区"做根据地是必要的，毕竟这不是一锤子买卖。

电视编剧

捉刀的甘苦

活像是一支游击队，声东击西指哪儿打哪儿，有着不竭的动力，有着不衰的自信，屡战屡败却屡败屡战，不能辜负了这只天生能码字的手。再者说，谁也说不准哪一次就撞上谁的枪口而一炮走红，于是大活儿小活儿甜活儿苦活儿一应揽下，挑灯苦战以机代笔日洒万言日进百金，弄好了声名鹊起报章转载显赫于世也未可知，于是有了这群日益壮大的荧屏捉刀人。

究其实，"荧屏捉刀"无法与传统概念里的文学创作同日而语，起码捉刀之人没有了把玩推敲字斟句酌的闲情逸致。昔日文人闲云野鹤式的附庸风雅已尽被"多写多得少写少得"的急功近利所替代，这其中"捉刀"有术者多为年轻人。他们思想活，点子新，敢招呼，适应当今荧屏求快求奇的特点，而且初干者"成名"的欲望都暂时潜伏在"挣钱"的欲望之下：既然是初出茅庐，既然是无牌子可砸，那自然是兴之所至天马行空，信笔写去君奈我何？只要你脑子快，善于领会导演意图；笔头子好使，受得了"三天出一集"的进度要求就算齐活，不用怕阅历浅生活底子薄，你尽可以挑三角恋情、家庭琐事这类谈不上什么深度的题材写。再者说即便本子不如人意，只要投资方有实力，请得动大腕头牌，那也是一俊遮百丑，到时候没人注意剧本是否深刻，追星族们的热情足可以淹没一切，只是有些委屈了演员，不过话也两说，此当另论。试想，一个无名之辈，初试身手便堂而皇之冠以"编剧"之名，要知道这是无数中文系毕业生的梦寐所求，再加上万众瞩目的艺人明星如学生般手捧口诵着出自自己笔下的浅词薄句，那份晕乎乎，那份飘飘然如何不让人平添自信，傲气顿生？更何况还有一笔丰厚稿酬对你的"横溢才华"给予物质上的肯定。一般说，码电视剧比写专题、编解说词来钱都快，难怪但凡有点天分的人都对这一职业趋之若鹜了。

捉刀行业的人员构成也有一个大致的圈子，以新闻界人士居多，包括电视台、报社、杂志社的编辑以及文艺单位从事宣传公关工作的笔杆子。他们平时便以写文为生，练就出一身"召之即来，挥之不去"的笔头硬功和良好的心理素质，完全适应了在"硬着头皮"的状态下奋笔疾书和勤写不辍，其中的佼佼者渐渐形成了自己独特的写作文风，被越来越多的"文探"看好，加入到捉刀大军中来。最初的营生大多是为专题片写脚本，为某电视栏目做撰稿人等等，慢慢混好了便跻身电视编剧的行列。

生财有道的荧屏捉刀人都看好长篇连续剧，而且为了避免夜长梦多，大部分都采取多人分工合作的办法，由总编剧招募写手。如果剧组正规，比较注重艺术品位的话，通常会由总编剧事先撰写一份全剧大体的情节走向，分发给各位写手，同时指派任务。写手们领回属于自己的"章节"后，还需向总编剧交纳一份本章节的故事梗概，如果总编剧阅后觉得是那个意思点头通过了，写手们方可各显其能开始招呼，同时剧组预付一笔类似订金一样的小小的"意思"，让你写起来更加踏实放心。好在长篇连续剧的最大益处就在于允许其中某些集次脱离主题旁逸斜出，所以写手们的发挥余地还是很广阔的，甩得开收得回就成。另一笔稿酬会在剧本投入拍摄之后到位，当然这都是说一切顺利的情况，如果上述环节有一步差错，那么合作即告终止，写手们只好另寻生计了。

吃这碗饭也需得眼观六路，雅俗荤素全不忌口才行，虽然最肥的差事是码剧，可是遇到什么给行业晚会写串场词啦，给某蹩脚晚会写小品啦等等费力不讨好的活计也不能使性儿一概推掉，谁让你是"无名码字一族"呢。初创阶段混好人缘才是关键，干什么都一样，和气生财。小款A君中文系毕业，下海两年扑腾几番，折子上有了些许盈余，忽有一日觉得愧对一纸文凭，急忙联络演艺界电视台的亲朋好友，摩拳擦掌欲以笔发家，凭借着比较硬通的关系和脑筋急转弯似的小聪明，很快便谋得一部电视剧的编剧美差。小A深知机不可失，全力以赴按照预定期限奉上手稿，立即得到导演首肯，小A丝毫不敢懈怠，殚精竭虑将余下几集细心铺陈，雕琢用语。第二次交稿时已有七分把握，果然导演赞许有加，当即许愿下部戏由A君负责组稿，至此A君算是漫漫长夜熬到了天明，以后便不断有大活儿小活儿找上门来，"捉刀"生涯的良性循环就此形成。A君算是机遇好到家的幸运儿，换了别人，熬到他这份儿上不知要多费多少时日。看起来想抡圆了在这行干出点样儿来，脑瓜子加笔头子加老爷子三项都要硬通才行。

　　最令捉刀人不胜其烦的两宗事是改本和挂名。导演是剧组之尊，他说的每句话都是要当命令听的。如果他略通文字，如果他不那么一意孤行，事情还有商量，就怕他用头脑里固有的框架、直趟儿的思维来限定干扰作者。本来美滋滋地交了稿，不想兜头一盆冷水不说，"婆婆"还越来越多，导演是这个意见，制片人是那个主意，最后演员也火上浇油，嫌台词绕口背起来费劲。行啦，当作者的这下子良好的自我感觉找不着了，正晕乎的也醒过来了，只好咬牙应付完这个，应付那个，一集本子颠倒它五六回，直遛得你腿儿也细了，搅得你脑浆子也散了，累吐了血完事。本子好容易通过了，要求署名的又黑压压的一片，而且你还没什么说的：本子是不是修改过了？是不是遵照我们的意见修改的？其中有没有我们的劳动在里面？该不该在署名的时候有所体现？于是你傻了，满腹文辞一句也蹦不出来了，心说打官司吧，犯不上，更何况已经累成那熊样了哪儿还有劲儿闹腾？只有暗咬槽牙下定决心：找门路拉投资下回自编自导自己当自己的制片人，有脸蛋的干脆自己演，我们自己长志气了。

　　平心而论，捉刀生涯与任何一门职业一样，有甘有苦，有春风得意的逍遥，有辛酸难言的窘迫，既有可能是通往富裕之路的捷径，也有可能是迷失自我的岔路。捉刀人曾经这样自嘲：从小到大没为社会创造过一笔物质财富，更不具备能够维持生计的一技之长，只凭手腕摇动一支笔，到如今不但衣食无忧而且多数场合还不被人歧视，由此可见读者观众真是宽宏大量网开一面了——能够清醒地进行自我反省，说明尚有余勇可贾。今日捉刀人在终于享受着一个字一元钱的大腕级稿酬的时候，是否心里残存着一份歉疚，是否落笔时多了一份责任？之所以在捉刀人脱贫致富的脸上看不到那种暴发户的颐指气使，其中文化素养是一个原因，关键是那份千辛万苦到达终点的疲惫和苦乐酸甜都饱尝一遍的阅历已全部兑换成了另一种财富：自知之明。

毕竟，成功者是极少数，那些正在这条路上奔波的志士只有继续前行，既然走上一条无悔路，只有好自为之。

剧组

演艺的江湖

写标题的时候感觉一股豪侠之气掠过笔端，继而一阵人在江湖的无羁与无奈溢满胸襟，那种既充实又闲散，既新奇又刻板的生活，那个勾人魂又伤人心的去处，永远吐故纳新，永远优胜劣汰，于是它刺激，它诱惑，它唯才是举，它六亲不认。

剧组对一个人的熏染可谓日新月异。自以为适应力与自制力还行，所以义无反顾跳下这只大染缸，打过几个滚儿，用年龄和阅历帮自己绝处逢生，站稳一席之地，回过头来冷眼对镜，一阵阵发虚。所幸的是，加盟几个剧组均属正规，若论工资酬劳，上组之前一概"先小人"，块八毛七的一笔笔谈清楚，这样入了组便可以踏踏实实做君子。若论人际关系，任何人起点一致，萍水而聚，互不摸底，自然可以避开一般机关单位低头不见抬头见的纠葛，反而谁看谁都顺眼，所以只要职位称心，活儿练得好，心理压力自然很小。再加上白吃白喝每天还有补助，一天到晚挺乐呵的。另外，去外地拍片还可以看作公费旅游，但一定要选择现代城市题材的片子，如果投资方资金雄厚，导演或制片在当地有路子，那全组都可以舒舒服服住星级宾馆，风吹不着雨淋不着。如果拍的又是室内剧，那就更幸福了，基本上绕过了拍摄上所有的棘手问题：不用发愁天气因素影响进度，便于提前做好拍摄计划使各部门工作有条不紊；不用担心演员拿派迟到早退，因为驻地与景地近在咫尺，哪怕临出发之前让剧务敲门叫演员也来得及；因为进度有保障，所以不必点灯熬油地拉晚儿，拍够了计划的场次就可以"放羊"。此时便是享受公费休闲的最佳时刻，购物狂们尽可以遛街，筋骨发绺的就去饭店健身房，游泳桑拿保龄出足了汗，然后轻松入梦。于是剧组教我有福就享，及时行乐，过了这村没这店。

　　进剧组的另一益处是见识大开，千奇百怪的事，山南海北的客，不由得你不感叹：林子太大！且不论昨天的"茶水冯"怎样成了今天的制片主任，就说那个平翘舌不分的公司职员如何成了同期录音的女主演。导演无可奈何地一摊手：投资方指派的。碰上这剧组，什么也甭说，挣完钱走人，这儿不是干艺术的地儿。

　　想在剧组长期做游牧民族，另一要旨需记下：万不可自以为是。剧组乃藏龙卧虎之地，就说每天管叫早的小林，那在他们淮北老家也是振臂一呼应者云集的主儿，想嫁他的姑娘能有一个连。美工、服装、道具、场记也都是各行业的精兵强将，其中不少人怀里揣着学历，兜里掖着绝技，你以为你是谁？所以最最重要的是展露你的与众不同，给自己开创一个别人无法替代的位置。

剧组里最可怜的是演员，这当然不包括已经功成名就的大腕明星，他们怎么演怎么是，而对于那些刚起步的小字辈，麻烦可就多了。戏份儿的多少要看导演的喜好，形象的美丑要看"灯爷"的心情，有时候好不容易争取到的角色又因为投资方有了既定人选而被临时替换掉。我就曾看见一位被"劝退"的女演员红着眼睛卷铺盖搬出了剧组，她头也没回径直走出楼道，也许这短短的十几米将成为她一生难以启齿不堪回首的伤心路。

对于职员，剧组的环境相对宽松，但每道工序也需互相咬合，每个部门也有相应职责。美工交完景，道具就得把各处淘换来的物件填充进去，花钱还得少，要不制片一瞪眼：不予报销！您就自个儿垫上吧。所以每个组关机后，就数道具部门溜得快，有时连关机饭都不敢踏实吃完，那些锅碗瓢盆的主人们会不厌其烦的找上门来，或讨价还价或以旧换新，各式各样的要求五花八门，换了谁也招架不住。服装部门则需不停地洗洗涮涮，晾晒熨烫，有时排戏需要破旧衣裳，他们就得去旧货市场，买回的衣服必须消毒才行，如果不小心消毒液渗进皮肤，就会红肿发痒甚至发烧，那罪受的。场记的工作相比之下文静一些，顶多动动笔杆费费口舌，但是一旦时码记错或弄乱，那做后期时导演就惨了，百十来盘带子几千个镜头够十五个人找半个月的，烦得你死的心都有了。

最能锻炼人的职位要算副导演，统筹能力、交际手段、艺术感悟缺一不可。参与说戏，找演员，拉计划单，协调关系，哪样干好也不易，所以一个称职的副导演是剧组不可或缺的人物。通常，剧组的关机指令是由副导演下达的，因为只有他清楚已拍和未拍的准确镜头数。在副导演的房间里总能找到一张大表，上面布满密密麻麻的场次清单，而最过瘾的时刻莫过于用支出水很畅的水笔划掉最后一个场景序号，据说此时会有一种发狠似的成就感：又一部长篇连续剧被拍掉了，不亦快哉！

在剧组最爱参加的仪式是吃关机饭，既有解脱的轻松又有期待的兴奋，经过几个月的磨合，大伙也都混熟了，借此机会走走面儿，喝点小酒增进感情，气氛挺融洽。投资方也会花力气抖好最后一机灵，煽动全城的记者蜂拥而至，明说是犒劳全体演职员，实则为卖片子做大肆宣传，实事儿办完了，桌布一铺，发布会改自助餐，大伙也就随意随意了。

在剧组就这样，开心的时候撒着欢儿地乐，百分之百由着你性儿来，再遇着组里有那么一两位闲不住、好撺掇的活动积极分子，则每个组员的生日、每次足球外围赛甚至于植树节等等都能成为狂欢的由头。递鸡毛信、过愚人节、好好的生日蛋糕不吃非往脸上抹，这时候已全然没有了上下级隶属关系，没有了明星与小人物的分别，每个人脸上洋溢着平日少见的大胆与放肆。导演该算一组之尊了吧，照例拖过来摞倒摆平，当然只有中青年导演才可获得如此"抬举"。此般尽情地宣泄之后，第二天再见面，彼此已经收敛的表情里仍然可以意会出意犹未尽的狡黠。

净提风光的时候了，坐蜡的尴尬与委屈就没人分享了，那时立刻会有一种远离亲人的孤寂、一份形单影只的凄冷侵袭周身，但是你没有退路，只有自己救自己，这种时候最需要韧性。也正是有了这些零碎的不如意和失落感恰到好处地衬着，"人在剧组"的飘摇和刺激才显得错落有致。剧组好像哈哈镜，夸大所有的喜怒哀乐，让苦与甜都着着实实地成为一种滋味，渗透入心，日后也许会成为一份别人夺之不去的财富。所以，在智慧与精力处于巅峰状态的时刻，应该到剧组去打个滚儿。

话剧演员

人分飞　爱相随

经常会有这样的情形发生：同是话剧院团的同事，在自己的单位几年碰不上一面，却时常相遇在天南地北的影视剧建组会上，彼此见面还互相打趣说：这叫有缘千里来相会。如今的话剧院团普遍情况是两三年也上不了一出新戏，抱怨着"吃不饱"

的话剧演员，乐得给剧院交上几个月的合同费，"赎"出一副自由身。他们其中多数是表演科班毕业，与生俱来的表现欲容不得耽搁，片约就是召唤。加上怀里揣着唱念做打的过硬功夫，三拳两脚便可在影视圈闯下一片江山。星运亨通的，一部主角就能大红大紫，然后就封面、主持、广告、义演、嘉宾一通招呼，坐稳了一流演员的交椅之后，可以缓缓神儿了。

　　估摸着后半辈子基本上拿下了，那些来自舞台的精英们终于有了余裕，可以购买一张"回归"的返程票，想想"艺术"方面的事情了。经济上一旦摆脱了窘困，人们就有能力追求精神了，"爱"也便有所附丽。这话听着不大顺耳，不过真的是实话。所以忽然间有一阵子，仿佛秋凉的天气里又有了盛夏的蝉鸣，话剧在明星们旺盛的人气笼罩下，一时间热了起来。明星加盟主演的话剧吸引了为数众多的"话剧盲"走进剧场，这不能不说是明星用他们对于话剧的热爱，温暖了冷寂多时的话剧市场，虽然其中夹杂着炒作的水分，包裹着罢演的尴尬，但最终达到了一个目的：话剧被推着架着端上了市场的台面，而且在寻常百姓面前流行了一把。

话剧导演

想说爱你不容易

　　说他们是娱乐圈中的寂寞高手应该是最贴切的。名利距离他们是那样切近，鲜花和掌声却经常绕道，落在了"人前显贵"的演员头上。

比智力，导演是整台演出的灵魂，绝对的"幕后策划者"；论见识，能够坐到排练厅的导演席上，肚子里没有学富五车的储备，脑子里没有无人能比的智慧，是断然没有底气发号施令的。然而话剧导演们却经常是寂寞的：一方面是剧院"等米下锅"的局面令他们的满腹才艺无地施展；另一方面，内心自忖自持着阳春白雪的格调，拼死也要保全"清白"的知识分子心态顽强地拒绝"为米折腰"。其实，并不是他们没有门路生财致富，相反，应邀出去导演影视剧的机会经常降临，酬劳也是导演话剧的几倍甚至十几倍，然而影视剧的市场化运作日益将导演的地位置于次要，迎合与急功近利充斥整个创作空间。与其眼睁睁地忍受自己的创意被"曲解"得不成样子，不如独善其身，不能折了话剧导演的身价。

和演员一样，话剧导演也认为舞台是最能磨练技艺的所在。不必顾及机位、话筒的限制，不用因为"反打"浪费感情，那种演出时贯穿始终不被打断的快感，那种直面观众获得的刺激，足可以让人迷恋上瘾。无论过程还是结果，整体都是一种精致的享受。不过票房的低迷总是不知趣地前来扫兴，每每让满腔的激昂慷慨冷却成为不知所措。

"任世间有百媚千红，我独爱你那一种"，这种情怀在令人敬佩的同时，也让热爱话剧的导演们，活得一天累似一天。

话剧舞美

立交的创造

印制人艺话剧的说明书有一套不成文的规定：只有编剧、导演、演员和舞美设计的名字才有资格上封面。由此可见人艺对于舞美设计的重视，也从另一侧面反映出舞台美术在一部话剧演出中的重要性。

话剧舞美实际包括服装、化妆、灯光、道具、音响效果等诸多行当，行业中人绝对都是能工巧匠：化妆师可以自己制作头套、长髯；服装师剪裁缝补自是不在话下；道具师以假乱真也绝对行家。对于我而言，最具神秘色彩的行当是效果制作，起因是看了《雷雨》。

《雷雨》是话剧大师曹禺先生的成名作和代表作，其跌宕的情节悬念和浓烈的戏剧情境深深吸引着一代又一代的演员和观众，话剧演员都以演过《雷雨》为傲，同时它也是考验演员水准的试金石。

记得第一次看《雷雨》是上中学的时候，印象最深的就是四凤被母亲勒令对天起誓的一场，现在想起来当时就是因为绝妙的音响效果加深了我的第一印象。从低沉的闷雷，到渐近的响雷再到发誓刹那的霹雷，效果与剧情配合得天衣无缝，演员情绪的最高潮伴随着音响效果的最强音，整个剧场笼罩在逃脱不掉的悲剧宿命氛围里。观众沉浸其中，无力自拔，简直就是戏剧人梦寐以求要达到的最佳剧场效果。

后来成了人艺的一员，我也始终对音响效果怀着一份敬意和好奇，终于在又一次的《雷雨》演出过程中，我专门跑到后台，就为亲眼目睹一下雷雨的音响效果是如何诞生的，结果当然又让我大呼过瘾。我万万没有料到，雷雨音效的制作场面俨然称得上是一个交响乐队的班底，四五张比房门还宽还高的铁皮，分别由八九个健壮小伙儿把持着竖在侧幕条边，因为这些铁皮的厚度不同，所以抖动它们所发出的声响也有区别，这就是滚雷、闷雷、响雷、炸雷的声源。小伙子们按照音响师的指挥，依次抖动不同的铁皮，有独奏、有交叉、有混响，更有齐奏，侧幕边上的几双手竟然制造出整个天宇的节奏和律动！而台下听到的淅沥的雨声竟是由一个大笸箩摇动豆子发出的逼真声响。我简直无话可说，难怪连曹禺先生都啧啧称赞，说要给《雷雨》的音响师发奖！

匠人是制造，大师是创造。从那以后，我彻底明白了这句话的涵义。

话剧编剧

路边的野花不采白不采

现如今，吃着专职话剧编剧的皇粮，却从没有涉足过影视创作的人，恐怕是凤毛麟角了。原因太简单了：影视剧周期短、酬金优越、受众面广，"火"了还能评奖，改编还有版税，几乎具备了吸引创作者的全部条件。最重要的，是话剧难写。虽然完成一个话剧剧本只需写够三个小时的演出长度，这只相当于三集半电视剧的篇幅，但是话剧对于台词、情节、结构所要求的精当程度却"苛刻"之极，"字斟句酌"是必需的，因为任何一点"水分"掺杂进去，观众立即就能感受得到，而且马上会反馈到演出现场。观众离席拂袖而去的场面，是最令话剧人汗颜的尴尬。

所以，即便是出手不凡的高手，写出一个打得响的话剧之后，一般也会歇息将养一阵子，像"反刍"一样，在怡然自得的心境中，不慌不忙地把自己的"心爱"改编成这样或那样的翻版，享受各种"副产品"带来的轻松愉悦，以"补贴"最初的呕心沥血，颇有些一劳永逸的味道。

于是，话剧创作在编剧们的心中几乎变成"危途"：怕费力不讨好，怕功亏一篑，于是一提起写话剧，人们便都做出一副"高不可攀"的敬畏神色，越来越让话剧变得高深莫测。

时光荏苒，人们不免要回顾逝去的流年，而曾经带给过无数心灵激动震撼的话剧，真的只能让台下满腔的热爱渐渐冷却成无奈的怀念吗? 真的希望听到一个响亮的声音说"不"！

走笔人艺

北京人艺五十年^①

梦开始的地方

1952年至2002年，这是属于北京人艺的半百岁月，是人艺风雨沧桑的历程，更是人艺光荣与梦想的历程！

位于王府井大街的首都剧场，就是这份光荣与梦想的见证。

这是一方声光形色的舞台，这是一个亦真亦幻的世界；这里演绎过无数次的悲欢离合，也激荡起无数次的眼泪欢笑；这里是最苛刻也最慷慨的所在——掌声与泪水共存，艰辛和幸福同在；这里是没有终点的旅程，永远保持着与顶峰的一步之遥，

---

① 本篇系作者为大型院庆专题片《北京人艺五十年》创作的解说词。

永远展览着跋涉中的万千风景，招引一代代的青春，为之神伤，为之纵情——于是，也就有了永远不老的北京人艺。

北京东城史家胡同 56 号院——这里就是所有梦想启程的地方。1952 年 6 月 12 日，四位剧坛泰斗级人物选定了这里，开始了一次历史性的规划和畅想——曹禺、焦菊隐、欧阳山尊、赵起扬的名字从此和北京人民艺术剧院的诞生紧紧联在了一起。当"四巨头"的手臂交叠着相互握紧的时刻，也意味着北京人艺的历史就此起笔。

讲北京人艺的历史,就需要交待一下北京人艺的前身——"老人艺"。这是一个包括歌剧、话剧、舞蹈、管弦乐、昆曲等各种艺术门类的综合性剧院。院长是李伯钊。其中话剧队的成员有叶子、梅阡夫妇、董行佶、英若诚等。1951 年秋，文化部提出了文艺团体专业化的要求。1952 年初夏，"老人艺"的话剧队与中央戏剧学院话剧团合并，成为今天的北京人民艺术剧院。院长曹禺，副院长焦菊隐、欧阳山尊、赵起扬。当时人称"四巨头"。

由于是两团合并，所以演员和舞美人员来自四面八方。在认真缜密的规划构想期间，"四巨头"详尽地研究了莫斯科艺术剧院的剧目建设经验，决定借鉴他们的保留剧目制度和总导演制等优良做法；同时回顾了中国话剧运动的传统，具体分析了北京人艺这支队伍的构成和素质，确定了剧院的创作方向：强调要深入生活，要学习借鉴斯坦尼斯拉夫斯基体系，要吸收民族艺术的表现手段。同时把好剧本关和艺术质量关。各部门之间要讲绝对合作,讲"一棵菜"精神,要树立严谨务实的良好院风。

北京人艺的创建者们给自己定下了一个高起点! 办一个中国自己的话剧院! 它不但要有自己的独特风格,还要建立自身完整的理论体系和实践方法;它不但要赢得中国观众的喜爱,还要逐步走向世界,成为国际级的一流剧院。

沿着"四巨头"的思路,人艺建院之初的第一项举措就是全院人员倾巢出动,兵分四路深入工厂农村体验生活,感受时代气息。在和工农群众同吃同住同劳动的过程中,人艺人不但滚了一身泥巴,而且还结交了许多知心朋友。同时,一朵朵带着泥土芳香的戏剧小花摇曳着伸展着,终于破土而出! 这就是早已载入人艺史册的四小起家戏——《夫妻之间》《赵小兰》《喜事》和《麦收之前》。也就是在今天的大华电影院,四部小戏一经推出就连演 55 场,场场爆满,成为当时轰动京华的戏剧景观。

初试身手获得的肯定是最可珍贵的财富,人艺人从此把深入生活奉为传家法宝。然而,创业的历程从来就是荆棘丛生。建院之初,北京人艺不但没有自己的剧场,就连排练场地也相当简陋。

无量大人胡同 28 号的三间老屋里,曾包容过老一辈人艺人的孜孜追求与青春冲动,这里曾是他们排练戏剧和打造梦想的场地。因为屋里摆着一面练功用的大镜子,老同志们亲切地称它为"大镜子屋"。而属于人艺的"化服道"车间也非常简陋。

就是在这样艰难的条件下,在不到四年的时间里,人艺依然排练公演了《春华秋实》《龙须沟》《雷雨》《明朗的天》《非这样生活不可》《仙笛》《布雷乔夫》等十八台大戏。尤其是《龙须沟》的复排演出，为北京人艺的演剧风格打下了坚实的现实主义根基。

走出自己的天空

时至今日，由焦菊隐先生导演的老舍名作《龙须沟》，经过"老人艺"众多表演艺术家的精心演绎，至今依然在众多观众心中留存着不可磨灭印记。老舍先生也因为《龙须沟》的成功上演，将自己的创作重心从小说转向了戏剧，最终成为建树卓著的文学、戏剧大家。

说《龙须沟》是老舍先生创作生涯的里程碑并不为过，因为在此之前老舍是以小说家闻名于世的，他创作的《猫城记》《离婚》《骆驼祥子》《四世同堂》《月牙儿》《我这一辈子》《断魂枪》等脍炙人口的长、中、短篇小说早已为广大读者喜爱和熟知。自从他创作了《龙须沟》之后，他的创作生涯仿佛分成了前后两个阶段。虽然此前他也写过七八个剧本，其中比较著名的有《残雾》《方珍珠》等，只是《龙须沟》的成就尤其突出，它所赢得的荣誉和赞扬极大地鼓舞了作家，使他创作剧本的激情一发而不可收，在此后的十六年时间里完成了二十六部剧本的写作，成为深受观众爱戴的人民艺术家。

　　而身为北京人艺"四巨头"之一的焦菊隐，更是在导演《龙须沟》的过程中，确立了他的一系列导演理论。焦先生是学戏剧出身，曾留学法国专攻戏剧，归国后长期从事戏剧教育，早已是桃李满天下。创立组建了北京人艺之后，《龙须沟》给了他最好的机遇，使他能将自己全部的戏剧主张付诸实施。现在保留在北京人艺艺术档案室的《龙须沟》导演笔记和演员工作日记，都是极为珍贵的体现焦氏导演学说及其实践的第一手资料。

　　焦先生告诫演员"要想创造人物形象，必须先有心象"，要在检验角色内心情感的同时，注意观察人物的外在特点，这样角色才能在舞台上鲜活起来。在焦菊隐先生导演理论的指导下，剧组全体演职人员下到北京南城的龙须沟实地体验生活，每个演员还要记笔记，写角色"自传"。就在不断地推翻与重建之中，模糊的"心象"终于蜕变成鲜明的形象，展现在观众面前的是一台好看而真实的生活！从此，于是之将程疯子定格成为北京人艺的经典人物，他本人也由此一举成名，在舞台上活跃多年，成为一代话剧演员的优秀代表。

　　《龙须沟》的演出获得了巨大成功，更为可贵的是，人艺人从中概括总结出了三句"真经"，即丰富深厚的生活基础，真实深刻的内心体验，鲜明生动的人物形象。这看似简单的三句话，却蕴涵着至高至上的艺术追求，并且成为北京人艺屡试不爽的看家诀窍，成为北京人艺的"魂"。直到今天，这三句话依然被奉为剧院的立足之本和最高目标。

为了建立自成一家的演剧体系，就先要博采众长。1954年，人艺一批年轻的艺术家被派到中央戏剧学院接受苏联专家的训练和培养，系统学习斯坦尼体系的真谛。同时，人艺又把苏联专家库里涅夫请进剧院讲学并担任剧目《布雷乔夫》的艺术指导。

当然，作为一个致力于创世界水平、创中国特色、创独特风格的剧院，不光要有斯坦尼，还要有布莱希特，还要有梅兰芳！尽量吸收本民族的艺术精华也成为当时剧院的良好风尚，许多戏曲界、曲艺界的名流，像荀慧生、赵荣琛、裘盛戎、侯宝林、魏喜奎等艺术大师都先后来剧院讲课，传授姊妹艺术的表演精髓。

多方涉猎是成就大演员的关键。剧院领导深谙此道，因而下大力气培养演员的多方面修养，鼓励大家学习歌舞拳剑、琴棋书画，鼓励多才多艺，一专多能。于是之的书法、梅阡和蓝天野的国画、朱旭的胡琴，都是他们当年勤学苦练的回报。另一方面，也正是有了这些文化底蕴的积累，使得他们的表演才艺有了潜移默化的提高，最终成为受人尊敬的导表演艺术家。

"一个没有性格的剧院，群众一定不会喜欢。"为了打造人艺性格，人艺的领导者苦苦探寻，终于摸索出一条行之有效的成功之路，那就是学习与实践同步，统一和创新并举！在这样思路的引领下，一系列优秀剧目随之诞生。继《龙须沟》之后，欧阳山尊导演的《仙笛》和《日出》；夏淳导演的《雷雨》和《风雪夜归人》；梅阡导演的《骆驼祥子》等精选剧目都在公演后取得了良好口碑，北京人艺渐渐拥有了自己稳固的观众群。看人艺的戏成了很多百姓文娱生活的第一选择。

随着诸多佳作的问世，一批卓有才华的演员也名满京城，其中以舒绣文、刁光覃、田冲、叶子、朱琳、于是之、方倌德、胡宗温、赵蕴如、童超、苏民、郑榕、蓝天野、董行佶等为代表。北京人艺有了头牌和号召力。

更令人艺人兴奋的是，1956 年，在周总理的亲切关怀下，位于王府井大街的首都剧场建成并投入使用。欧阳山尊导演的《日出》成了剧场投入使用后上演的第一部剧作。从此北京人艺拥有了自己的专用剧场! 人艺人拥有了施展自己才华的舞台!

面对着中华人民共和国成立初期的火热生活，面对着一天好似一天的创作环境，人艺人血脉贲张，以空前旺盛的创作活力书写着人艺历史的崭新篇章!

大师风范

北京王府井大街的首都剧场默默承载起人艺几代人的追求和梦想，历经几十年的磨砺，它的一砖一瓦早已浸透了戏剧的灵性，陪伴人艺人曾经辉煌，曾经悲壮。

去过首都剧场的人都会有印象，在大厅中央，迎面矗立着一座曹禺先生的青铜半身雕像，由此可见人艺人对他的尊崇之情溢于言表，这不仅因为他是人艺的老院长，更因为从他的笔下，诞生了一系列脍炙人口的话剧佳作。《雷雨》《日出》《北京人》《明朗的天》《王昭君》《原野》《家》《蜕变》等等剧目的成功上演，为北京人艺的人物画廊增添了众多可以入诗入画的艺术形象。半个多世纪以来，曹禺先生用他的不朽名著，培养了一代又一代的演员，征服了一代又一代的观众。他对中国戏剧的贡献是历史性的，他的创作经验为后继者留下了一笔宝贵财富。

不写言不由衷的话，不写不熟悉的生活。而且，写戏的时候，心里时刻想着观众——这是曹禺先生毕生遵循的创作原则。他的作品里有着鲜明的爱憎，而浸润在字里行间的诗情最是动人。"作于我不能不作，止于我不能不止"，这也正是他的戏剧摄人魂魄的根源所在。

还有两位戏剧大师对于人艺是有着鱼水之情的，一位是著述颇丰、多方涉猎、诗情澎湃的郭沫若先生，代表剧目有《虎符》《蔡文姬》；另一位剧作大家是京腔京韵、学贯古今、字字珠玑的老舍先生，代表作首推《茶馆》。这就是人艺人常常挂在嘴边的"郭老曹"三位大师。正是有了他们风格迥异的剧本佳作，才给北京人艺奠定了宜古宜今、亦中亦洋、既写实又唯美、既真实又深刻的独特演剧风格。

好的剧目是滋养演员表演根基的沃土。起伏跌宕的戏剧情节、复杂多变的人物内心都是考验演员表演功力的试金石。朱琳的表演才华就是在郭老诗意磅礴的剧作中得到了充分展现，她塑造的蔡文姬、武则天等舞台形象气质华贵，仪态雍容，颇具大家之气，尤其是她对台词念白的处理与众不同，吐字归音韵味悠长，以至于成为她标志性的表演特征之一。

　　而人艺另一位表演艺术家于是之的成功，就要得益于老舍先生的《龙须沟》《骆驼祥子》和《茶馆》了。正是剧作提供了血肉丰满的程疯子、老马和王利发，才激发出演员旺盛的创作活力，使一系列令人唏嘘难忘的人物形象在舞台上立了起来。

　　一个剧院的建设，剧本质量是关键，而导演则是二度创作的核心。焦菊隐先生无愧于剧院总导演称号，他不仅是斯坦尼体系的研究家，还是中国民族戏曲的专家。为了建立北京人艺演剧体系，焦先生做了许多卓有成效且颇有价值的探索和研究。他导演的《龙须沟》奠定了剧院现实主义的基础；他导演的《虎符》开创了话剧民族化的新篇章；他导演的《茶馆》成为北京人艺演剧学派的杰作；他导演的《蔡文姬》和《武则天》成为话剧舞台上写实和写意两种风格迥异但又殊途同归的范例；他生前导演的最后一部剧作《关汉卿》是话剧民族化探索的再发展。

　　1957年《虎符》的公演是北京人艺历史上值得大书特书的一笔。因为《虎符》的排演过程，是焦先生把我国民族戏曲的表现手法及其精神有意识地运用到话剧中的尝试，也是焦先生在探索话剧民族化上的一个新起点。首先在对《虎符》的舞美处理上，他突破了话剧传统的镜框式舞台，突破了舞台时空的局限，第一次采用黑丝绒幕为整个舞台的背景，几件道具的选择也非常简洁写意。

　　这样的改变在今天看来也许算不得什么大举措，但在当时

1

2

1、《龙须沟》老舍编剧，焦菊隐导演。

2、《日出》曹禺编剧，欧阳山尊导演。

3、《蔡文姬》郭沫若编剧，焦菊隐导演。

4、《茶馆》（1958年首演），老舍编剧，焦菊隐、夏淳导演。

却需要极大的勇气和胆量，毕竟，他大胆革新了具有四十多年历史的传统话剧舞台。他还把戏曲的锣鼓经、京剧的"道白"及"水袖"运用到排练中。为此，他要求演员花大力气学习传统戏曲，一招一式，一字一句，绝不马虎。他说："我们要有中国的导演学派、表演学派，使话剧更完美地表现我们民族的感情，这是我们不可推卸的历史责任。"经过半年多的探索、实践，《虎符》于1957年春节前夕在首都剧场首演，并获得巨大成功。

此后的两年时间里，焦菊隐先生又陆续导演了《茶馆》《智取威虎山》《关汉卿》《蔡文姬》和《三块钱国币》。其中的《茶馆》和《蔡文姬》成为北京人艺的传世佳作。

与此同时，北京人艺的另一位创始人兼著名导演欧阳山尊，也凭借着旺盛的创作活力和鲜明的艺术个性，排练公演了一系列优秀剧目——在介绍社会主义国家的进步戏剧和十九世纪俄罗斯名著方面，他导演了《非这样生活不可》《仙笛》《带枪的人》《三姊妹》《智者千虑必有一失》等；在体现"五四"以来优秀传统和反映当代生活方面，他导演了《春华秋实》《日出》《群猴》《霓虹灯下的哨兵》等。它们或以实为主，或虚实结合；或运用转台，或一景到底；或豪情万丈气势磅礴，或小桥流水细腻入微。无论有着什么样的形式美，无论张扬着怎样的艺术个性，舞台上都体现着整体的审美意识，都是人艺风格。即深厚的生活基础，深刻的内心体验，鲜明的人物形象。

有郭沫若、老舍、曹禺几位文学巨匠的不朽剧作，有焦菊隐、欧阳山尊这样锐意创新的艺术大师，有若干台代表民族话剧希望的好戏，还有一大批独具魅力的优秀演员，可以说，北京人艺的风格已经初步形成了。

乘风飞扬

1959 年 10 月，年轻的共和国迎来了十周岁的生日，举国一片欢腾。北京人艺的艺术家们也备受鼓舞，一举推出了八台献礼大戏——《蔡文姬》《骆驼祥子》《雷雨》《日出》《带枪的人》《烈火红心》《悭吝人》和《伊索》，其中正剧、喜剧、悲剧、历史剧、时事剧均有涉足，古今中外一应俱全。而且场面宏大，出手不凡。由此可以看出：北京人艺的整体演出实力已经在当时众多专业院团中脱颖而出，拔得头筹。

北京人艺取得的骄人成绩与周恩来、刘少奇、陈毅等党和国家领导人的直接关怀是分不开的，他们不但关心剧院的各项建设、人员培养，甚至连演职人员的吃住行都亲自过问，并多次亲临首都剧场观看演出，这对创业的人艺人来说无疑是巨大的精神激励，同时也感到了肩头日益厚重的责任感。

随着人艺成熟期的到来，剧院的导演阵营不断壮大，导演夏淳、梅阡、陈颙接连推出优秀剧目，其中夏淳导演的《名优之死》和《悭吝人》，梅阡导演的《女店员》，以及从苏联学习归来的陈颙导演的巴西名剧《伊索》，都出手不凡，公演后均赢得了上佳的口碑。

虽然几位导演推出的力作风格特点各不相同，但他们遵循的创作方法是一致的，他们心中有着共同的艺术追求，所以他们的作品带给观众的美感是一致的，是北京人艺的，正所谓殊途同归。此时的北京人艺，已经全面展现出了成熟的大家风范。

火热的生活激发着人艺人火热的创作才情，他们深入厂矿、田野、军营，与普通人近距离接触，将生活赋予的鲜活素材和真实感动收藏于心，慢慢沉淀，日后化作角色形象的血脉，逐渐丰满呈现于舞台，以此醒世、喻世、警世。

此后，北京人艺相继排出了《枯木逢春》《三姊妹》《同志，你走错了路》《胆剑篇》《武则天》《智者千虑，必有一失》《红色宣传员》等近二十台大戏，其中以《武则天》和《智者千虑，必有一失》最受广大观众喜爱。

北京人艺终于在京城牢牢稳固了不可或缺的剧坛位置，并且吸引了无数关注和赞许的目光，这是来之不易的奋斗成果。其中的艰辛只有人艺人清楚。

在首都站稳脚跟的北京人艺放远了目光，出现在视线之内的第一座城市便是上海滩。文艺界从二十世纪三十年代开始，就有"上海码头不好闯"的说法。言外之意上海的观众最挑剔、最不容易买账。但是北京人艺立志出去闯一闯，同时也是为了挑战自己，1961 年冬，人艺带着《蔡文姬》《伊索》《同志，你走错了路》《胆剑篇》《名优之死》五台大戏挥师南下，直抵上海。

令人艺人备感骄傲的是，演出一炮打响，轰动华东。被媒体誉为"示范性"的演出，是"中国话剧的典范"。这是一次非同寻常的演出，是人艺积累了十年艺术经验的成果展示。此番上海之行的成功，标志着北京人艺朝着国家级艺术殿堂的目标又迈出了坚实的一步！乘风飞扬的北京人艺，风华正茂。

然而随后而来的"极左"风潮却以不可逆转的横扫之势，淹没了北京人艺的声音。从上海之行以后，人艺的舞台暗淡了。在"工人阶级领导一切"的大形势之下，"北京人民艺术剧院"也更名为"北京话剧团"。艺术家的一生，只有自身才华和外部机遇天然契合相辅相成，才可能成就辉煌。而人艺一大批刚过而立之年的戏剧人，却在他们最最宝贵的创作黄金期遇上了"史无前例"，在席卷一切的政治运动中，每个个体都变得渺小无助，北京人艺在风雨中飘摇。

扭曲的人性造就了扭曲的舞台。从1965年之后，人艺的舞台声色暗淡，上演的剧目多是集体创作的应景之作。1966年以后，"文化大革命"进入白热化阶段，人艺彻底停止了剧目生产，一直到1974年《云泉战歌》上演，人艺才又恢复了常规性演出。

即便是处在这样政治大环境的非常时期，人艺人依然坚持艺术创作"从生活中来"的看家法宝，坚持深入矿山工厂、田间地头，与工农群众同吃同住同劳动，并且送戏下乡，尽职尽责地秉承着艺术的名义。

多年之后再次回眸，"文革"造成的巨大损失是无法弥补的，

1 《贵妇还乡》迪伦马特编剧，黄玉石译，蓝天野导演。

2 《名优之死》田汉编剧，夏淳导演。

因为它所摧毁的是人最宝贵的创造力乃至生命。

曾在电影《一江春水向东流》和话剧《骆驼祥子》中展示过精湛演技的著名表演艺术家舒绣文，不幸于1969年3月17日逝世，终年54岁。舒绣文在"文革"前夕刚刚做了心脏大手术，正在恢复期。然而"文革"初期即遭到抄家、揪斗和批判，致使病情严重恶化，她住进医院后得不到良好的医疗护理，过早地离开了热爱她的观众。今天我们只有怀着崇敬，从影碟上再次重温她的音容笑貌。

更令人扼腕叹息的是，人艺人敬爱的焦菊隐先生也未能逃脱厄运，由于"文革"期间受到极不公正的待遇，焦先生心力交瘁，于1975年2月28日，在协和医院辞世，终年69岁。

焦菊隐先生热爱戏剧事业胜于爱惜自己的生命，他用毕生学识与实践，创造了人艺的艺术风格，而他自己的生命也成了这艺术的祭品。他的离去无声无息，但他的创造却振聋发聩。他强调演出整体的和谐性，主张以演员的体验和表演为中心，讲究话剧的节奏和韵律，注重舞台的抒情和写意。这些戏剧要素对于人艺风格的形成都至关重要，并且已经通过一代一代导表演艺术家的不断实践，化入人艺人的血脉，成为人艺的魂。

春天的畅想

1976年10月，春雷骤响，阴霾散尽，鲜活的艺术空气让禁锢许久的心灵复苏了! 沉寂了十年的北京人艺重又有了生命的律动。青年作家苏叔阳的处女作《丹心谱》被人艺慧眼相中,几经修改后迅速搬上舞台。全剧贯穿着久违的现实主义风格,一扫"帮气",令当时的话剧观众震撼不已,《丹心谱》获得了众口一词的好评。

这部戏的成功上演,为北京人艺的振翅高飞提供了强有力的加速度。人艺人重新体会到在艺术天空自由翱翔的快乐。《丹心谱》所激起的演出热浪还在鼓舞着人心,人艺老院长曹禺先生又推出了酝酿已久的历史剧《王昭君》。

《丹心谱》和《王昭君》的相继上演,使北京人艺的传统和风格得到了重张再现,这两部戏不但唤醒了艺术家们沉睡已久的创作激情,而且将一大批新老观众又吸引到首都剧场,良好的戏剧氛围渐露端倪。北京人艺的领导者适时地意识到:全面恢复北京人艺风格传统的时机终于成熟,加紧培养后继人才的任务刻不容缓。一系列行之有效的措施方案排上了议事日程。

春天是播种的季节,粉碎"四人帮"之后,社会各界全面拨乱反正,文艺界百花齐放的春天终于到来了!

北京人艺看准了大好时机,开始了舞台上的大面积"春耕"——先后以老中青三结合的阵容,接连整理重排了《蔡文姬》《女店员》《茶馆》《三块钱国币》《名优之死》《雷雨》《伊索》《骆驼祥子》《悭吝人》等保留剧目。

这些经典剧目的重演,令人艺的老观众们感慨万千:一方面欣赏老戏，有重睹芳华、恍若隔世之感；另一方面喜看新秀，又有人才辈出、后生可畏之叹。观众不仅再次领略了老艺术家们宝刀不老的精湛演技，更欣喜地发现了人艺新生力量的内在潜力。一大批年富力强的中青年演员正是通过这种舞台实践中的传帮带，"开了窍""入了槽"，在舞台上逐渐成熟起来，自然而然纳入了人艺朴实、自然、细腻、生动的表演风格之中。

保留剧目的重演，不但恢复了北京人艺的元气，更吸引了一大批院外作家为北京人艺量身定做、送戏上门：其中水运宪的《为了幸福，干杯》和《祸起萧墙》，苏叔阳的《左邻右舍》，绍武、会林的《故都春晓》等剧作经过二度创作搬上舞台之后，都取得了不俗的反响。与此同时，剧院的作家和艺术家们也不断推出新作力作——《老师啊老师》《谁是强者》《吉庆有余》《咸亨酒店》《不尽长江》等五台现实主义风格的剧作，基本上保持住了人艺自酿的纯正品质，一经公演也取得了不小的轰动。

据统计，在粉碎"四人帮"之后的短短五年间，竟有二十七台剧目接连亮相首都剧场！北京人艺的舞台异彩纷呈。活跃的艺术空气带动了旺盛的观众人气，从七十年代末到八十年代初短短的几年间，人艺不仅焕发出勃勃的生气，接连上演了近三十台大戏，而且还增强了十足的底气，把远眺的目光聚焦到了大洋彼岸。1980年，老舍先生和焦菊隐先生的代表作《茶馆》率先踏出国门，开创了中国话剧界的又一先例。

演员们上场之前都感到了前所未有的庄重，因为这是中国话剧第一次在世界面前亮相，也是北京人艺第一次向世界展示东方戏剧的动人魅力。演员们精心装扮，动情演绎。终于，当大幕缓缓落下的时刻，世界被征服了！

《茶馆》在西欧15座城市演出25场，场场轰动。每场演出结束后的谢幕多达三十多次，观众的掌声持续达十几分钟。

在汉堡，《茶馆》剧组突破了当地票价的最高限额。有的观众看戏宁肯不带同声传译的耳机，因为他们觉得全剧的台词极富音乐性，他们要亲耳感受一下汉语台词的醇厚韵味。汉堡的《晨邮报》称赞道："这个来自北京的剧院呈现的是高水平的演出，演员们用极准确、极含蓄的表情表现出来的故事真实可信，演出的感染力是超越国界的。"《纽伦堡晚报》评论道："戏的内容越来越深刻，演员越来越精彩的表现使观众越来越能和角色产生共鸣。这出从中国来的话剧最惊人的成就就是：我们不只是看到了一个精彩的文化交流项目，而且理解了现实的中国。在三个小时的演出中，热烈的掌声是带着极大的敬意的。"

历时一个半月的西欧之行，北京人艺让世界惊讶了！不同种族不同文化背景的人同时瞪大了眼睛，发出了一声声由衷地赞叹：《茶馆》是东方舞台的奇迹！是世界艺术的精品！中国话剧的编剧、导演、演员是世界一流的！

北京人艺给中国的话剧正了名，争了气！同时，人艺的声名也远播海外，邀请函、观摩申请纷至沓来，从此，北京人艺的国际、地区交往日益频繁。

　　辛勤的耕耘终于赢得了喜人的收获。北京人艺一路风雨，一路高歌，从容自信地迎来了辉煌的鼎盛时期。

高处的变奏

　　光阴荏苒，时序更迭。当北京人艺和着时代的脚步迈入二十世纪八十年代的时候，这座历经风雨洗礼的剧院，愈发显示出令人迷醉的高雅韵致。老中青三代演员的表演风格和谐统一，服装、化装、灯光、效果等舞美部门配合默契，舞台呈现出浑然天成的整体美感。更重要的是，从 20 世纪 80 年代初到 90 年代初，人艺几乎年年都有令观众欣喜不已的优秀剧目登台亮相。

　　首先是在国内久演不衰的《茶馆》《王昭君》《推销员之死》《天下第一楼》四台大戏的九次出访为人艺大造声势，与此相呼应，一批颇为叫座的外国戏也经剧院导演之手被推上舞台。如夏淳导演的《女人的一生》《车库》和《洋麻将》；田冲导演的《屠夫》；蓝天野导演的《贵妇还乡》；方琯德导演的《公正舆论》和《流浪艺人》；英若诚和林兆华导演的《上帝的宠儿》；林兆华导演的《二次大战中的帅克》和《纵火犯》等等。

　　在人艺二十世纪八十年代的辉煌业绩中，新创剧目的光芒格外耀眼——《绝对信号》《好运大厦》《红白喜事》《女儿行》《阵痛的时刻》《小井胡同》《狗儿爷涅槃》《天下第一楼》《李白》等每出新戏的推出，都会造成新一轮人艺热潮的兴起。

优秀剧目的不断出台，实在应该归功于剧院作家实力的加强。早年，剧院只有梁秉堃、蓝荫海、王志安三位专职作家，自 1983 年以后，数位实力不凡的作家陆续加盟北京人艺的创作阵营，并先后推出反响不俗的话剧力作，如刘锦云的《狗儿爷涅槃》、李龙云的《小井胡同》、高行健的《绝对信号》、何冀平的《天下第一楼》、王梓夫的《红河谷》、郭启宏的《李白》等等。他们的辛勤笔耕，为北京人艺的舞台增添了一道道迷人的风景。

剧院在加强剧目建设的同时，始终没有忽略对新一代导演的培养。林兆华脱颖而出，经受住了人艺承上启下的导演重任。这位毕业于中央戏剧学院表演系的五十年代大学生，周身始终洋溢着旺盛的创新意识和探索精神，当他把对戏剧的热爱倾注到舞台上的时候，他所焕发出来的创造力令人折服。他导演的《绝对信号》和与刁光覃共同执导的《狗儿爷涅槃》，把民族戏曲的诸多观念与当代戏剧的表现手法巧妙结合，给当时的话剧观众带来了全新的艺术享受。

剧院终归是演员的剧院，编剧、导演的艺术构思大部分还是要借助演员的舞台实践来完成，因而在演员队伍的补充和培养方面，人艺一直做着长期艰苦的准备工作。令人欣喜的是，一批久经磨练的艺术家逐渐成长为人艺演员的中坚，他们倾心竭力，支撑起了北京人艺的一个时代。其中的佼佼者当首推林连昆。

自 1980 年出演《左邻右舍》开始，林连昆的表演才华便一发不可收，驰骋舞台十余载，先后在《绝对信号》《红白喜事》《小

1 /

1 /
《狗儿爷涅槃》锦云编剧，刁光覃、林兆华导演。

2 /
《茶馆》（2005 年复排版），老舍编剧，复排艺术指导林兆华。

2 /

井胡同》《狗儿爷涅槃》等优秀剧目中担纲主演，其朴实酣畅而又深邃灵动的表演风格深入人心，而且随着时间推移渐渐步入炉火纯青的表演佳境，观之赏之，韵味醇厚，令人拍案。

同时，在众多外国戏剧中展现出精湛演技的朱旭、吕齐等表演艺术家，也凭借自身不凡的艺术功力，为北京人艺的人物画廊增添了一系列可以入诗入画的动人形象。

随着 1980 年《茶馆》走出国门、为人艺创出声誉之后，一系列的国际交流项目付诸实施：

1980 年 8 月	《王昭君》赴香港演出
1981 年 3 月	英国著名导演托比·罗伯森来到北京人艺，执导莎翁名剧《请君入瓮》
1983 年 3 月	美国著名导演阿瑟·米勒亲临北京人艺，执导他自己的名作《推销员之死》
1983 年 9 月	《茶馆》出访日本
1985 年 2 月	《推销员之死》赴香港演出
1986 年	《茶馆》出访中国香港、加拿大和新加坡
1986 年	《推销员之死》出访新加坡
1988 年 10 月	美国著名表演艺术家查尔斯·赫斯顿为北京人艺执导名剧《哗变》
1990 年 11 月	《天下第一楼》出访日本
1991 年 8 月	原苏联莫斯科艺术剧院总导演奥列格·叶弗列莫夫来北京人艺执导契诃夫名剧《海鸥》
1991 年 11 月	《天下第一楼》出访香港

北京人艺足迹所至，好评如潮，盛况空前。

盛世华章

一个剧院的繁荣，不单表现在演出剧目的不断出新，更重要的一个衡量标志是演员队伍的精锐程度。北京人艺尽管拥有一大批驰骋舞台多年、戏品艺品俱佳的表演艺术家，但人艺的当家人依然时刻保持忧患意识，一直没有放松后继人才的培养。

改革开放以后，人艺先后开办过三届表演学员班，并与中央戏剧学院合办了 1987 班。如今，这些毕业于不同时期的同学少年，早已然是风华正茂，不少人显露了出众的表演才华，他们与自己的师长同台献艺，互为映衬，在一次次的艺术实践中感悟人艺风格的精髓，勇敢地肩负起挑大梁的重任。

广大观众也就从一台台的新排剧目中，逐渐熟悉了杨立新、梁冠华、徐帆、宋丹丹、郑天玮、岳秀清、陈小艺、何冰、冯远征、吴刚等众多演员的名字。此外，人艺还不失时机从外单位及其他艺术院校吸收了部分尖子演员，濮存昕、张志忠就是其中的优秀代表。一直以殷切的眼光注视着人艺舞台的观众们，终于欣慰地看到了希望。

众所周知，话剧演出呈现的是整体美感，演员的表演必须有所依托，因而舞台美术的重要性就凸现出来了。为了保持和发扬北京人艺和谐的舞台整体感，剧院始终把舞台美术工作放在十分重要的位置。在老一代舞台美术家的传授指导下，人艺新一代舞美设计人才成长起来，从他们手下诞生了一个个独具创意的舞台空间,为北京人艺赢得了新一代观众的喝彩和掌声。

在人艺通向辉煌的历程中,应当特别提及的是 1988 年 11 月,北京人艺的第二次上海之行。

二十世纪八十年代中后期,港台歌曲、通俗文艺几乎占领了整个文艺市场,包括话剧在内的许多严肃艺术经受着严峻的市场冲击。而此时的北京人艺却逆潮流而动,领风气之先,充满自信地携五台大戏再次南下,来到了阔别 27 年的大上海。五台大戏台台精彩,《茶馆》《天下第一楼》《狗儿爷涅槃》《哗变》和《推销员之死》全都是人艺久演不衰的经典剧目。18 天里,演出 22 场,场场爆满,4 万张戏票在演出团到达之前就销售一空,上海各报竞相报道"五台好戏,万人空巷"的演出盛况。

北京人艺的精湛演技征服了大上海的观众,人艺的到来,带动着上海掀起了一股不小的"话剧热"。距 1961 年人艺第一次的上海之行已隔 27 年,上海的观众看到了一个全新的、生机勃勃的人艺。当时任上海市委书记的江泽民同志,不但观看了全部演出,还亲自主持召开座谈会,与南北戏剧家共商繁荣话剧的问题。

人艺第二次上海之行的成功还受到了文化部和北京市委的嘉奖,从而更加稳固了人艺的剧坛地位。

动人的谢幕

常言道:四十不惑。四十岁是人生历练达到炉火纯青的时刻,四十岁是成熟魅力尽情发散的时刻。1992 年 6 月，北京人艺在初夏时节，迎来了她生命中的不惑之年。

一个剧院的建院纪念日，却引来了四方恭贺，牵动了八方人心。《光明日报》在头版的显赫位置刊登了中共中央办公厅调研室撰写的一篇题为《构筑国家级艺术殿堂的成功之路》的文章，文中以翔实有力的论述向世人宣告：北京人艺历经四十载的风雨洗礼，已经成为一座名副其实的国家级艺术剧院。

为了庆祝自己的四十岁生日，北京人艺隆重推出了《舞台上的真故事》《李白》《红白喜事》《雷雨》《推销员之死》《狗儿爷涅槃》《天下第一楼》和《茶馆》八台大戏以示纪念。1992年 8 月，《李白》剧组还应邀到中南海怀仁堂演出。国家领导人到场观看，并祝贺演出成功。在院内院外上上下下的喜庆气氛中，人艺人始终牢记着"绿叶对根的情意"，特别举办了仪式，为 93位曾与人艺共度 40 载春秋的老同志，颁发了"元老杯"。在举行庆典的前一天，国家领导人亲临剧院，代表党中央、国务院向大家表示祝贺并预祝剧院今后取得更大成就。

出好戏，出人才，出理论，这是北京人艺成为国家级艺术殿堂的标志和成果。自改革开放以来，剧院自己编辑出版了多部保留剧目的舞台艺术丛书，有关方面也积极编辑出版了大量反映人艺理论研究成果的专著，加上艺术家个人的从艺录、剧作选等等将近有 40 部集面世。

众望所归，盛名之下，人艺人在辉煌的背后，压力也是可想而知的。更何况一大批德高望重的人艺老艺术家，在 40 年院庆之后，同时惜别了舞台，因而 1992 年《茶馆》的告别版演出也就格外牵动人心。

如同一幅绝好的风景将不复再现，如同一套已是绝版的精装书将被封存，当王利发把最后几枚纸钱凄然地抛向空中，随着《茶馆》那个时代一同走远的同时，剧场的观众用积蓄已久、百感交集的掌声迎出了最后一次同台谢幕的于是之、郑榕、蓝大野、英若诚……台下台上的人们默契地营造着这一刻告别的庄严，剧场里油然升腾起一种庆典般的辉煌，观众们久久不忍离去，《茶馆》在他们的心目中已经凝成了一座碑，而站在第一排谢幕的老艺术家们无疑将定格成为碑身上的群雕。

这样的告别是震撼的，这样的谢幕是动人的。它在人们心头激起的感动，似乎不仅是出于对老艺术家背影的留恋，更多的是人们在谢幕的那一瞬间，感到了类似交接仪式一样的庄严：于是之、蓝天野、郑榕等 A 组演员在深深地向观众揖谢之后，回身将站在身后的 B 组演员请到前排，两组演员再同时向观众鞠躬致意。一老一少的这种组合令在场观众无不动容，掌声和着泪水共同成为这次移交的见证，首都剧场的舞台默默承受着两代人献给它的虔诚。

老一辈艺术家们出色地完成了历史使命，他们开创出一个辉煌的人艺之后卸任了，离退了，而观众对于人艺的期待却有增无减，同时文化市场的竞争加剧了，观众的欣赏口味提高了，人艺如何才能在常人无法企及的"高音区"再次回旋出动听的"咏叹调"？一副超重的担子落在了新任党委书记兼第一副院长刘锦云的肩上。作家出身的刘锦云向全体干部提出了四字方针：以勤补拙。他倡导全院都要树立"抢救意识"，要以重建和抢救的精神继承和发展北京人艺。他还把人艺现阶段的首要任务诙谐地归结为：建一个好班子，抓几个好本子，奔几处房子，抓几把票子，趟一条改革的路子。

本子问题一向是人艺最为重视的生存大计。1993年，《北京晚报》专跑戏剧口的记者过士行，拿出了酝酿已久的剧本《鸟人》。人艺慧眼识珠，导演林兆华担纲执导，很快便投入了排练。而且演出大获成功，场场爆满，很快突破了百场大关。北京人艺的售票窗口前再次排起了长队！

人艺不倒的神话得以续写！

不久，人艺的老作家蓝荫海又推出了房改题材的剧本《旮旯胡同》。以刘锦云为首的院领导凭借着作家的敏感和当家人的责任感，很快又将这部主旋律的剧目搬上了舞台。该剧的上演，迅速受到了党中央和市领导的重视。后来，该剧还荣获了中宣部颁发的"五个一工程"奖和文化部颁发的文华大奖。

《鸟人》和《旮旯胡同》的演出成功是一个明证：新一辈的人艺人站住了！他们挺直了脊梁，果敢而又近乎悲壮地担当起了人艺的世纪大任。

1

2

约会世纪

今天，我们站在 21 世纪回眸上一个百年。世纪之交的风云际会依然令人感奋不已，北京人艺的世纪大任依然催人百尺竿头。

1994 年，曾为北京人艺写出农村三部曲《狗儿爷涅槃》《女儿行》和《背碑人》的剧作家刘锦云，笔锋一转，一改往昔风格，以诗化的语言推出新戏《阮玲玉》。虽然此前这类题材在影视方面已有所涉及，但是编者选取了崭新的视角来诠释一代名伶，深刻剖析了人物悲剧命运的深层根源。因而，当该剧以高品位的艺术形象展现在观众面前的时候，人们感动了，并再一次为北京人艺欢呼喝彩。

人艺的舞台又一次呈现出一派繁荣景象，巡回和出访的演出邀请纷至沓来：

1992 年 9 月	《李白》剧组参加北京、天津、上海、山东、江苏五省市巡演
1993 年 6 月	《天下第一楼》和《狗儿爷涅槃》出访新加坡
1993 年 11 月	《天下第一楼》出访韩国
1994 年 2 月	《阮玲玉》出访香港
1994 年 6 月	《鸟人》出访台湾
1994 年	《鸟人》和《阮玲玉》还先后赴南京、广州、上海、南昌作巡回演出

1995 年 6 月 12 日正值人艺 43 周岁生日，由剧院新任副院长任鸣执导的新剧目《北京大爷》在首都剧场公演。著名表演

艺术家林连昆领衔主演。

　　作为人艺年轻导演的代表，任鸣最大限度地继承和发扬了北京人艺的演剧风格，采用现实主义的导演方法，着力刻画鲜明生动的人物形象，同时又兼顾到了对生活气息和现代京味儿的渲染。因此，该剧一经亮相，立刻产生轰动效应，场场爆满，久演不衰，并获得多项戏剧大奖。

　　同时在 1995 年亮相的历史剧《天之骄子》和经过了全新架构的莎翁名剧《哈姆雷特》，也都在京城引起了不小的轰动。

　　1995 年，热爱人艺的观众欣喜地发现，在大方稳重的首都剧场旁边，建起了一座人艺小剧场，这是属于人艺人的又一方戏剧天地。如果说有"爱屋及乌"一说，那么人艺小剧场的红火多少借助了大剧场的些许人气。

　　小剧场建成之后上演的第一部戏就是任鸣导演的美国戏《情痴》，观众立即回报以痴情，戏票一售而空。从此，这座倍受青年人欢迎的小剧场成为又一个戏剧人施展才智放飞梦想的所在。

　　之后的北京人艺，经常出现大小剧场同时演出，同时火爆的喜人景象。这在北京人艺的历史上又构成了令人瞩目的一个章节。

　　需要特别提及的是，二十世纪九十年代的人艺又带着五台剧目，先后实施了三次上海之行：

1995 年　　《鸟人》和《阮玲玉》南下，轰动黄浦两岸

1998 年　　《古玩》和《雷雨》出场，赢回了"北京人艺万岁"的口碑

1999 年　　新版《茶馆》的亮相，更是惊艳了大陆的东方明珠

1/
《哗变》赫尔曼·沃克编剧，英若诚译，导演查尔顿·赫斯顿，重排导演任鸣。

2/
《万家灯火》李龙云编剧，林兆华、李六乙导演。

与此同时，剧院的深化改革也有条不紊加紧运作着。

首先是从舞美处开刀的"大手术"。二十世纪五六十年代的人艺舞美处，聚集了一大批绘画、布景制作、灯光、服装、道具、效果、化装、装置方面的能工巧匠，曾建造起一座座以假乱真、叹为观止的舞台布景。然而随着市场经济的逐步深入，文化市场的竞争日益激烈，话剧受到各种娱乐形式的冲击，人艺的舞美部门开始面临种种困境。

1997 年，院领导经过缜密构想，决定在京郊大兴县的鹿圈地区选址。历时一年半，北京人艺舞台美术中心正式落成。

困境面前，人艺人迎刃而上，把危机看作是挑战自我的机遇。有了这股豪气，北京人艺舞美中心逐渐在京城有了名气：中央电视台举办"2000 年春节歌舞晚会"，舞美中心承做了晚会的全部布景；北京京剧院演出大型贺岁京剧《刘罗锅》，将全部布景交由人艺舞美中心制作……改革中的人艺人，在困境中走活了一盘棋。

然而，就在人艺人满怀信心、即将跨入新世纪的时候，老院长曹禺、老书记赵起扬、老导演夏淳却永远离我们而去了！他们用创造性的一生把北京人艺挥舞成一面飘扬的旗帜！

精神的驱动力是无可估量的，因为信仰是恒久的；人艺的生命力是弥足珍贵的，因为奉献是无价的。

因为上一代人的奉献，人艺有了生命力；因为这一代人的奉献，人艺成为一种精神！

至爱无悔

中国人常常会在辞旧迎新的时候沐浴更衣、打扫庭除，从里到外来一次抖擞精神。

1999 年 10 月，修葺一新的首都剧场里，抖擞了精神的北京人艺以全新阵容复排公演的《茶馆》，再一次迎来了八方来客。

王掌柜依然迎来送往，常四爷依然气宇轩昂；人生百态的描摹依然刻画得入木三分，自我祭奠的纸钱依然抛洒得凄切感伤……尽管观众入场之前准备好了充分的理智和挑剔想来一番新老对比，但是新版阵容的出色表现却让观众在谢幕之后留下了充满感情的一句评论：人艺到底是人艺呀！

走出了老一辈被尊为经典的辉煌背景，新一辈凭借着自身的实力，终于光华夺目——梁冠华、濮存昕、杨立新……这些在影视界早已为人熟知的名字，因为这一次在《茶馆》的用心经营，更为自己赢得了一份难得的尊敬。新版《茶馆》的演出成功，也标志着人艺演员队伍新老交替的完成。

2000 年，著名剧作家刘锦云再次出手，以意抒情，以韵抒臆，将一台如诗如画的《风月无边》呈现在首都剧场。

这一次，濮存昕的风流倜傥加上徐帆的低吟浅唱，成功地将观众吸引进了剧场，眼前是两情依依，耳畔是仙乐声声，沉浸在遥远而又真实的情感世界里，看轻拂的水袖，舞动的裙裾；叹无常的人生，善变的人心；观如此的无边风月，品别样的戏剧人生！这该是怎样的纯美享受？！

　　风月的无边魅力还未完全消散，人艺又迎来了一个特别的日子——曹禺诞辰九十周年纪念。人艺大小剧场同时公演了曹禺先生的经典作品《日出》和《原野》。分别由人艺年轻导演任鸣和李六乙担纲执导。此番任鸣导演的新版《日出》忠实于原作的台词和人物关系，同时考虑到时代的跨越和观念的转变，把一二四幕转换为现代场景，这就使观众产生了丰富的联想，契合了导演要把经典拉向现代与永恒的艺术追求。《日出》公演后，市委领导亲临首都剧场观看了演出。青年导演李六乙大胆在经典作品中加入了现代元素，尽管评论界对此褒贬不一，但是剧院宽松的创作氛围却得到了众口一词的肯定。

　　此后，人艺紧接着推出了原汁原味的《雷雨》以飨观众。正是在这一放一收之间，人们不难揣测出人艺当家人的良苦用心。早在1998年，人艺就出现过大剧场公演《雷雨》、小剧场推出荒诞派名剧《等待戈多》的场面。事实上，人艺人一直在辩证地探索继承与发展，嬗变也好，变通也罢，总而言之，在戏剧观及创作方法多元化的今天，每一位戏剧院团的当家人都在审时度势，绞尽脑汁地寻求一条出路：如何为自身争得一席立身之地？

　　2000至2001年，这是一个千载一遇的年度更迭。人艺复排话剧《蔡文姬》剧组，就是在这个排练厅经历了跨越千年的世纪之交。

　　为了纪念郭沫若先生诞辰110周年，老艺术家苏民披挂上阵，担任复排《蔡文姬》的导演。他曾在1959年该剧首演的时候扮演周近，四十二年之后，苏老作为历次排演的亲历者，责无旁贷地担当起人艺以老带新的重任。

此番复排选中了青年演员徐帆扮演蔡文姬，这是一个难度很大的角色：两代演员在不同时代背景下演绎同一剧作中的同一人物，而且原版的蔡文姬已经被朱琳老师演绎得炉火纯青、深入人心，更何况观众喜好的反差也已是天上人间。背负着种种被动，徐帆还是上路了。她在人们怀疑的眼光中一路走来，却在不知不觉中把模仿演变成了创造，因而获得评论界的一致好评。

刚刚告别胡风汉月，人艺又将视线投向了现实生活：反映危旧房改造的话剧《金鱼池》经过两个月的紧张排练，在党的生日前夕公演了。市委领导从剧本创作阶段就给予了高度重视，彩排当天，领导观看了演出，并与主创人员进行座谈，给予了剧组宝贵的建议和指导。

与大剧场咫尺相对的，是人艺小剧场上演的青春时尚——根据热销网络小说《第一次亲密接触》改编的同名话剧，在新世纪的春天鼓动起飞扬的热情，温暖的感动让都市年轻的心灵无法平静。很显然，导演任鸣在舞台上展现的是人生最美好的东西，是美化的网络和爱情，所以这部戏看起来有些寓言的味道。同时它好看好懂，吻合了主体观众群的需求，受到了青年观众的由衷喜爱。此后，人艺小剧场又上演了《无常女吊》和《足球俱乐部》。《无常女吊》还获得了中国曹禺戏剧奖的优秀剧目奖。

1

2

3/

1/《雷雨》曹禺编剧，夏淳导演，重排导演顾威。

2/《骆驼祥子》老舍原著，梅阡编剧，顾威导演。

3/《足球俱乐部》大卫·威廉森编剧，杨知译，任鸣导演。

4/《风月无边》锦云编剧，林兆华、李六乙导演。

4/

一古一今，一传统一现代，首都剧场的橱窗里再次显示出一个剧院宽宏的艺术容量。同时具备了几副笔墨的人艺人纵情挥洒——收也好，放也好，生动也罢，沉静也罢，总之，她有能力长久吸引你的目光，把你从喧闹的尘世拉到一个圣洁的所在，感染你，触动你，甚至，俘虏你。

值得欣慰的是，面对纷繁的社会，浮躁的诱惑，"人艺"两个字，依然在人艺人的心中奉为至尊。

正值剧院五十周年华诞之际，人艺人拿出八台献礼剧目与大家分享：

《狗儿爷涅槃》　一段对逝去时光的深层思索……

《天下第一楼》　一场时宜明月、时宜清风的人生筵席……

《第一次亲密接触》　感悟浪漫瞬间爆发的一次动人爱情……

《无常女吊》　在亦真亦幻之间，展现生存、毁灭与再生……

《足球俱乐部》　一场似曾相识的权力之争，一部没有大幕的人生戏剧……

《雷雨》　一部不但可以演，更可以读的不朽经典……

《茶馆》　看不够的人生百态，演不完的人世悲欢，尽在其中……

《蔡文姬》　洋溢着激情和诗意的大家之作……

这八部话剧精品在五十年院庆期间同期公演，以示隆重。

经过了五十年的奋斗历程，人艺品牌的责任感早已深入人心，无论走到哪里，作为人艺人的骄傲和自豪，会让这支团队里的每个人更加敬业，更加出色。

有了这份滚烫的至爱，人艺不老，人艺不败！

自
在
·
同
在
·
永
在

　　自从《我在人艺》一书的编辑约稿，我便开始仔细揣摩起"在"字的涵义来。率先从脑海里跳出来的是"存在"的意思，再接着就是"属于"，都是"我在人艺"的字面意思，但我觉得还都不够准确，不够贴切，不够完整。"人艺"之于我，其涵义远远深于此，大于此。

　　在自己的文集《那人那艺》后记中，我曾提到："人艺是一棵大树，人艺是一片沃土"，其实那也仅只说出了我在人艺二十年的感受中的一部分，到底还缺了些什么? 还有些什么是意犹未尽的? 我自己竟也一时说不清。正好借着这次的缘由，继续内心深处的一次慢慢梳理。

自在

我来人艺的第二年，很幸运地赶上了北京人艺建院四十周年大庆。剧院上上下下都像是过节一样喜庆，我这个新加入的成员也跟着沾了光，胸前别着一朵象征着"人艺嘉宾"的红花，在北京饭店贵宾楼见证了那个盛大的典礼。

我很清晰地记得，迈进大厅的时候，我刚好和也要入场的于是之老师碰了个对面。那天的是之老师特别帅，西服领带装扮一新，特别亲切的是，他的胸前也别着一朵和我一样的红花！我下意识地让到一侧请是之老师先行，因为他的身后还有一队要员鱼贯跟随。不料是之老师在我面前停了脚步，很儒雅很绅士地对我微微躬身，来了一句："Lady first!"我觉得当时自己真是驾了云了！那时的于是之老师既是德高望重的表演艺术家，也是北京人艺的第一副院长。就在那天，我仗着是之老师的那句"女士优先"壮了胆儿，挽着心目中的偶像合了一张影。当时还没有数码相机，用的胶卷还是国产的"乐凯"，冲印出来之后色彩有些失真，但那张照片我却倍加珍爱，一直摆在书架上。看着是之老师亲和、谦恭、友善的笑容，总有一股暖流注入心田。

那是我第一次感受到我在人艺的"特权"——从那天起，"人艺"在我的心目中具象化了，我可以如此切近地瞻仰她，如此尽情地游走其间，去到我感兴趣的任何角落一探究竟，并且，以她的光荣为自己的光荣，因为我感觉自己被接纳了。我第一次为自己是人艺人而骄傲了，我对我说：自在是福。

同在

　　2002 年，当北京人艺迎来五十周年院庆的时候，我已经成了北京人艺的"小老人"了。也是那一年，我从影视剧组被剧院召唤回来，为大型院庆专题片《北京人艺五十年》撰写文学脚本。当时的艺术处处长张帆老师把一摞厚厚的蓝皮《大事记》摆在了我面前。我知道，接下来的日子，我会和北京人艺的历史来一次系统全面的亲密接触。

　　随着大事记页码的翻动，我仿佛身临其境进入了那一个个火热而充满激情的日子，老一辈艺术家用青春和热爱铸就的艺术圣殿生动而直观地拔地而起、栉栉矗立在我面前！我被他们的造诣和无悔深深触动着、激励着，不时将自己的感动融入笔端。在文学脚本即将收尾的段落，我写下了这样的文字："精神的驱动力是无可估量的，因为信仰是恒久的；人艺的生命力是弥足珍贵的，因为奉献是无价的。因为上一代人的奉献，人艺有了生命力；因为这一代人的奉献，人艺成为一种精神！"时任专题片解说词配音的严燕生老师，将这一段文字朗诵得激昂慷慨，动人心魄。就在那一刻，我仿佛触摸到了人艺精神的脉搏，感觉到了她生生不息的热度，并且心甘情愿将自身融入其中了。专题片摄制完成的时候,我和剧组的同事们在剧院门口,簇拥着"北京人民艺术剧院"那块木质牌匾合影留念。面对这块已经半百岁月的剧院标识,我在心里郑重地说:我与你同在。

永在

时光流转到了 2010 年,这一年是人艺老院长曹禺先生诞辰 100 周年的大日子,也是我成为"人艺人"的第 20 个年头。人到中年,在精力与阅历都有了相当储备之后,我依然庆幸:我是一名人艺人!

每次走进熟悉的首都剧场大厅,我仿佛还能闻到当年的那种气息:20 年前,作为新分来的大学毕业生,我曾在首都剧场实习三个月,大厅的地板每天要用长拖布浸上少许煤油打亮,经年累月,大厅里的气息也就混合进了这种淡淡的煤油气味。我一直很迷恋这种味道,我在感官里已经把这种味道等同于首都剧场的味道了。

夕阳西下,下班的人流、车流过后,一切静寂下来,平日里熟悉的首都剧场会在那一刻显现出摄人心魄的美感:极富质感的米色基调外墙上,嵌着古朴雅致的雕花窗棂,夕阳的光线下,安详静穆之中隐隐透出一种凛然不可侵犯的威仪,不由分说地弥散出令人屏息的气场。很多年后的某一天,当我再次在夕阳下仔细端详首都剧场的时候,我再次感受到只属于北京人艺的那种气场，当时的整个人被牢牢定在那里，久久不能离开。

相似的感受还屡次出现在人艺演出谢幕的时候。即便早已成为了"局内人"，即便台前幕后的一切对我而言都已毫无悬念，我依然期待、迷恋着人艺演员在演出结束时的谢幕。台上台下通过无言的鞠躬和掌声交换着彼此的尊重与满足、问候与致意，或许还有几分陶醉几分矜持，几分不舍几分怅然，都在那样短暂而局促的时空中细腻而充分地表达出来了！谢幕，多么平易而华贵的仪式啊！想感受穿越生活、直指人心的戏剧能有多大的力量吗？戏剧的谢幕就是最最直观的互动测量仪。

人生如戏。戏如人生。

如果把一生比作一部戏，那么我的现阶段就仿佛是排练与合成，不断地打磨，不断地丰盛。感知天地人，收获真善美。我奢侈地希望，到了谢幕的时刻，我能拥有这方天地所独有的那种韵致：气定神闲。

我在人艺二十年，人与物，风与景，都刻印在心里，须臾不曾分开。

而在最最虔诚的高远处，我希望，和你永在。

文章收尾了，倒回去看，怎么越看越像是写给人艺的一封情书呢？！

不说了。

后

记

上一个猴年是本人的第三个本命年，正月十五一过，我就借着"新年新气象"的彩头，忽悠着自己多了个念想——年底之前，在自家的书架上，插上一本自己写的书。

一个晴朗的冬日，天空并没有出现五彩祥云之类的征兆，人艺办公室的门就被轻轻推开了。

现在想起来，那一声门轴的转动，对于我而言，不啻于悦耳的天籁之音。进门来的是京华出版社的徐秀琴女士，后来她成了《那人那艺》的责任编辑。再后来，京华出版社更名为北京联合出版公司，办公室也敞亮了，出的书也更多元多彩。因着《那人那艺》的牵引，我得以结识了很文艺的王巍女士和晓秋妹子。借了这些光，当又一个本命年到来的时候，《那人那艺》得以再版。

《那人那艺》的问世着实得益于我所在的人艺，也得益于我所爱的人艺人。是他们自身的光彩激发了我的兴致，是他们角色的魅力蛊惑了我的笔端。

写"人"的时候，我在心里仔仔细细地又爱了他们一遍；写"艺"的时候，我在心里恭恭敬敬地又鞠了三个躬。

首都剧场的开幕钟声在"话迷"们听来已近乎仙乐，北京人艺的走廊过道在我看来已近似迷宫，太深了。

书中人的"剧"照，要感谢苏德新先生、陶然先生、李春光先生；书中人的"玉"照，要感谢王小京先生、郭三省先生、王小宁先生和热心提供照片的明星朋友们。当然，我所在的剧院对这本书更是呵护有加，无偿提供了书中所有剧照的版权。言不在多，都在心里了，唯有感恩。

还要谢谢梁天先生，没有任何推辞而且二十四小时之内就写成了本书的序，温暖的鼓励让我感动。

要谢的还有我的父母，是他们一直的教诲，让我从小对书有了一种亲昵，对出书有了一种憧憬。

最后再谢北京人艺，她是一棵大树，她是一片沃土，她是"人"与"艺"的理想之邦。

2016·11

图书在版编目（CIP）数据

那人那艺/吴彤著. --北京：北京联合出版公司，2017.1
ISBN 978-7-5502-9326-7

Ⅰ.①那… Ⅱ.①吴… Ⅲ.①随笔－作品集－中国－当代
Ⅳ.① I267.1

中国版本图书馆 CIP 数据核字（2016）第 292025 号

那人那艺

著　　者：吴　彤
出 品 人：唐学雷
出版监制：刘　凯　马春华
责任编辑：赵晓秋　徐秀琴
装帧设计：聯合書莊　bjlhcb@sina.com

北京联合出版公司出版
（北京市西城区德外大街83号楼9层　　100088）
北京联合天畅发行公司发行
北京利丰雅高长城印刷有限公司印刷　　新华书店经销
字数150千字　889毫米×1194毫米　1/32　7.5印张
2017年3月第1版　2017年3月第1次印刷
ISBN 978-7-5502-9326-7
定价：58.00元